Soledad

RAMÓN CATLLÀ

Número de Control de la Biblioteca del Congreso de EE. UU.:   2013914016
ISBN: Tapa Blanda   978-1-4633-6306-2
                          Libro Electrónico   978-1-4633-6305-5

Fecha de revisión: 07/08/2013

Para realizar pedidos de este libro, contacte con:
Palibrio LLC
1663 Liberty Drive
Suite 200
Bloomington, IN 47403
Gratis desde EE. UU. al 877.407.5847
Gratis desde México al 01.800.288.2243
Gratis desde España al 900.866.949
Desde otro país al +1.812.671.9757
Fax: 01.812.355.1576
ventas@palibrio.com
472133

Soledad

I

EL JUEZ

Cuando me quedé viudo, vendí mi piso y adquirí un pequeño apartamento en un barrio periférico, un barrio de gente obrera en el cual me encuentro muy a gusto.

El piso, de apenas sesenta metros cuadrados, es más que suficiente para mí: comedor, cocina, dormitorio, aseo y una pequeña habitación que uso para leer o escuchar música, mis únicas aficiones. También tengo una pequeña terraza que da a la calle principal, con tanto ruido por exceso de tráfico, que apenas me asomo a ella durante el día.

Mi vida, para algunos quizá monótona y aburrida, transcurre tranquila y felizmente. El único problema es la artritis reumática que padezco y las molestias que me ocasiona, sobre todo con los cambios de tiempo y en días húmedos. Llevo soportándola más de quince años y ya me he resignado a seguir aguantándola. Ella fue el motivo de una Invalidez: de encontrarme retirado de la actividad laboral a los cincuenta y cinco años. Esto no fue ningún cambio importante en mi vida, solamente significó tener más tiempo para leer, estudiar y meditar.

Todos los días me levanto a las ocho de la mañana. Me preparo un buen desayuno. Salgo a dar un paseo y compro lo necesario para el siguiente desayuno y la cena diaria, ésta muy frugal: algo de fruta o un simple vaso de leche.

Dejo las compras en casa y, si el tiempo es bueno, voy a sentarme en un banco de la plaza para leer hasta la hora de la comida.

Como siempre en el mismo bar, desde que lo inauguraron, ya hará de esto unos quince años. Lo llevan un matrimonio y, últimamente, les ayuda su hija. Yo, por ser el cliente más antiguo, gozo de un trato especial a la hora de escoger el menú y muchos días me siento a la misma mesa que los dueños, como un miembro más de la familia.

Después de comer leo el periódico, que compran los dueños del bar y charlo un rato con ellos, o con algún cliente conocido. Vuelvo a mi casa y ya no acostumbro a salir hasta el siguiente día.

Hace dos días, al ir a sentarme en el banco de siempre, me di cuenta de que había un cuaderno de buena calidad, tipo *Agenda,* colocado en el centro del asiento. Pensé que alguien se lo había dejado por descuido y lo cogí con la intención de hojearlo, para encontrar algún dato que me permitiera devolverlo a su propietario.

Me llevé una buena sorpresa al ver que el cuaderno llevaba en la cubierta, sujeta con un *clip,* una nota mecanografiada que decía:

Querido anciano:

Este manuscrito es para ti, que tanto te gusta la lectura. Con el ruego de que lo leas y des tu veredicto. Para mí significa un gran favor, el cual te agradeceré eternamente. Tu desconocida amiga.

Soledad

Después de leer la nota pensé, sonriendo satisfecho:

–Desde luego que es para mí, no hay ninguna duda... No sé quién puede ser esa chica... Seguramente, ella sólo debe conocerme de oídas, por sus padres o sus abuelos. No tengo amigos en el barrio, pero me conoce mucha gente. Suelen llamarme Pedro, el Contable. Aunque yo jamás haya ejercido ningún cargo administrativo. Muy pocos saben que mi oficio es el de carpintero y que trabajé como tal, en el ramo de la construcción, durante cuarenta años. Los del barrio, sobre todo los viejos, los de mi edad, me consideran como si yo fuera una especie de gestor experto en leyes y asuntos burocráticos.

Todo empezó, cuando un vecino vino a consultarme sobre la forma de conseguir una Invalidez, sabía que yo la tenía y que me había costado lo mío conseguirla: un largo pleito contra la Administración, que conseguí ganar. Su caso era mucho más simple, le preparé todo el papeleo, seguí los pesados trámites burocráticos y se la concedieron. Él lo comentó, con orgullo y agradecimiento, al resto de los vecinos y a medio barrio más, como si yo fuera un gran abogado. La consecuencia de esta exagerada propaganda fue que empezaron a lloverme consultas de todos los tipos: Tramitar el papeleo para solicitar jubilaciones o viudedades, calcular las posibles cuantías de las prestaciones, efectuar declaraciones de la Renta, asuntos de alquileres, recibos del agua y la luz ... Todo lo cual procuraba solucionar, o aconsejar, lo mejor que sabía. Sin cobrar a nadie ni una peseta ni aceptar ningún tipo de regalo.

No lo hacía por altruismo, al contrario, más bien por egoísmo personal. Ya que estas peticiones me obligaban a estudiar las leyes existentes sobre cada tema, a empaparme bien de las Normas y Procedimientos a seguir. Tenía que moverme, desplazarme por los despachos de la Administración. Y, lo más importante, tocar de pies en el suelo, vivir cotidianos y reales problemas. Evitando que fuera encerrándome cada vez más en mí mismo y en la lectura, con el consiguiente peligro de terminar viviendo sólo de fantasías, en las nubes. Como suele ocurrirles a muchas personas introvertidas que viven solas.

La juventud de ahora está mucho mejor preparada que la de años atrás y la Administración ha mejorado bastante, sobre todo en lo concerniente a la atención personal e información general que da al ciudadano. ¡Ya era hora! Todo esto ha contribuido a que, actualmente, recibo muy pocas peticiones o consultas, y siempre de personas mayores.

Por ello, esa inusual petición me alegró muchísimo y seguí, especulando mentalmente.

–Esta joven debe ser una universitaria… Afortunadamente, van a la universidad muchos jóvenes del barrio, a pesar del sacrificio económico que representa para las familias obreras… Soledad habrá escrito algún poema… o un cuento… puede que una novela y quiere la opinión sobre su obra. Debe haberle llegado mi *aureola de intelectual* … No se ha atrevido a pedírmelo personalmente y ha ideado esa forma. Una chica espabilada y franca, un poco tímida. Por el contenido de la nota veo que redacta bastante bien, aunque no es la adecuada la palabra *veredicto,* opinión sería más propio… De todas formas, eso no tiene ninguna importancia. Lo importante, lo que más me satisface, es el hecho de que haya depositado en mí, en un desconocido, su confianza. Voy a complacerla gustoso: leeré su obra con el máximo de cariño y atención. Juro, por adelantado, que haré todo lo posible para poder darle una opinión franca, honesta y ecuánime.

Estaba tan absorto, tan prendido del relato, que no me di cuenta del paso del tiempo, hasta notar que el sol calentaba menos y empecé a sentir frío. Miré el reloj y eran casi las seis. No puedo ir a comer a estas horas, pensé. Bueno, ya me prepararé algo en casa… Ha valido la pena. Esta historia es muy buena, me está interesando.

Fui a casa, comí un bocadillo, bebí una cerveza y proseguí, ansioso, con la lectura del manuscrito. Terminé a las diez de la noche, profundamente emocionado y sorprendido.

No me apetecía nada para cenar, pero sí me apetecía tomar un whisky. Últimamente, sólo bebo en contadas ocasiones y esta era de las que merecían celebrarse. Para acompañar a la bebida abrí una lata de almejas y otra de aceitunas rellenas. Tomé el aperitivo lentamente, saboreándolo, mezclado con imágenes y escenas mentales de la historia que acababa de leer.

Terminé el aperitivo, recosté la cabeza en el respaldo del sillón y cerré los ojos para continuar meditando despacio, a cámara lenta, con los párrafos de la insólita historia que el destino había depositado en mis manos.

Me dormí pensando en todo aquello y tuve una pesadilla. Soñé con campos de exterminio, cámaras de gas… Que me habían condenado, por crímenes que no había cometido, y me ejecutaban en la silla eléctrica….

Desperté en el momento en que daban al interruptor, en el instante de la fatal descarga. Desperté asustado, sudando, sintiendo como si realmente hubiera recibido una descarga eléctrica. Todo el cuerpo me dolía y me sentía agarrotado, medio paralizado. La culpa era de la dichosa artritis y mía: por haber permanecido tanto tiempo sentado, en la misma posición.

Me levanté y anduve, lenta y dolorosamente, hasta el aseo. Refresqué la cabeza debajo del grifo del lavabo y continué andando por el piso, hasta que mi cuerpo se desentumeció.

Seguidamente me fui a la cama. Durante aquellos minutos, pendiente sólo de mi malestar físico, me olvidé de todo lo demás. Pero una vez en la cama, ya pasado el dolor, la historia volvió a acudir a mi mente.

Soñé casi toda la noche con ella, con personajes parecidos y situaciones cambiantes. Desperté con dolor de cabeza, tomé una *aspirina* y aquel día no me moví de casa.

Antes de dormirme, ya había tomado la decisión de volver a leer la narración. Esta segunda vez, lentamente, para profundizar, para identificarme al máximo con los personajes. Interrumpiría la lectura en cada párrafo o situación clave, para meditar y opinar serenamente: como solía hacerlo cuando leía una obra que me gustaba mucho. Y pensé: "Todo y así me será muy difícil emitir un veredicto justo…"

La narración estaba escrita a mano, con una letra clara, limpia, la letra de una mujer adulta, pulcra y meticulosa. Comenzaba:

Querido amigo: Me permito la libertad de tutearte, así como me he permitido la de elegirte en mi juez, para que juzgues: "Como juzgaría un buen padre de familia"…

–Aquí te has equivocado, querida Soledad. Nunca fui un buen padre, quise serlo, pude serlo, pero no tuve el valor de enfrentarme a mi mujer… Escondí la cabeza bajo el ala, para no ver lo que estaba viendo ni intervenir, como era mi obligación de padre y marido. Quizá, de haber actuado como tal, mi hijo y mi mujer todavía vivirían … O quizá no, quién sabe, puede que solamente haya sido culpable el Destino … Pero esta es otra historia: la de mi vida … Vamos a dejarla, hay que seguir con la tuya…

Y continué leyendo:

Te he elegido a ti, un poco al azar, por una corazonada, sin saber quién ni cómo eres. Solamente te conozco de haberte visto varias veces leyendo en ese banco. Ya que, hasta hace pocos meses, pasaba por aquí todos los días para ir al trabajo. Y siempre te miraba con ternura y simpatía.

Te recordé, hará unas dos semanas, cuando tomé la decisión de escribir esta confesión: la confesión de un grave delito que cometí.

Hoy he dejado en tus manos esta confesión. La he dejado en tu banco preferido, en el momento en que venías hacia él y he esperado hasta asegurarme de que lo cogías y te disponías a leerlo.

Como podrás comprobar, empiezo narrando los hechos que considero más relevantes, los que directa o indirectamente están relacionados con el caso. Esperando que te sean de utilidad a la hora de emitir tu veredicto.

Esta confesión significa mucho para mí: es decisiva para mi vida y futuro. Me ha costado mucho tomar esta decisión, pero debía aliviar del todo mi conciencia. Necesitaba ser juzgada por la justicia de los hombres, pero me horroriza el escándalo de un juicio normal, antes prefiero la muerte.

Para ello te he elegido, para que actuaras como si fueras un jurado popular, un jurado un poco especial, un jurado compuesto por un solo miembro: juez y jurado.

Soy totalmente consciente de que con ello cargo sobre tus espaldas, sobre tu conciencia, una grave responsabilidad y te ruego que me perdones por ello...

* * * * * * * * * *

II

LOS ANTECEDENTES

Nací en un pueblo minero. Nuestra familia: mi padre, mi madre, un hermano tres años mayor que yo, y otro cuatro años más pequeño, vivíamos en una casita de dos plantas, con un huerto en la parte de atrás.

Mi padre había trabajado toda la vida en "La Mina" y hacía años que tenía la categoría de Capataz. Era un hombre más bien bajo, pero muy fuerte, cuadrado.

Siempre estaba trabajando, cuando no en "La Mina" en el huerto, o bien, haciendo arreglos en la casa. La única distracción que se permitía era el domingo por la tarde: Después de comer se arreglaba y se iba a jugar a las cartas en un bar cercano.

Permanecía allí hasta las diez de la noche hora en que, puntualmente, regresaba a casa.

Era una persona seria, honrada, poco habladora, amable y comprensiva. Tanto en el trabajo como en el pueblo, todos lo conocían y respetaban. Nunca se enfadaba, jamás perdía los estribos ni gritaba. Sin embargo, inspiraba un gran respeto.

Yo le adoraba. Para mí representaba al hombre ideal: al perfecto marido, padre, compañero y amigo. En mi ingenua mente de adolescente, llegué a creer a pies juntillas, que todos los maridos eran iguales a mi padre. ¡Qué ingenua era!

Mi madre, morena, baja y regordeta como yo, tenía en aquel tiempo un carácter encantador: alegre, cariñosa, vivaz y parlanchina. Su personalidad era totalmente opuesta a la de mi padre y, sin embargo, se querían con locura.

Ella tampoco nos pegó nunca, ni siquiera un cachete. Cuando tenía que reñirnos, fingía ponerse muy seria, levantaba el dedo índice, en señal de solemne autoridad, y nos echaba la reprimenda. Nunca, como suelen hacer algunas madres, se escudaba en mi padre. Que yo recuerde, jamás dijo: "Ya veréis cuando venga vuestro padre, voy a decirle lo que habéis hecho, él os meterá en cintura…"

Quizá, porque no le dábamos motivos para ello. La verdad es que todos nos llevábamos muy bien, éramos una familia muy unida.

Mi hermano mayor, Clemente, es clavado a mi padre, un poco más alto e igual de corpulento y su carácter idéntico. De pequeña me cuidaba y protegía continuamente. Yo le admiraba y quería mucho, al igual que ahora, aunque apenas tengamos tiempo para vernos.

El pequeño, José, era como una valiosa mezcla de nuestros padres. Cariñoso, vivaz y extrovertido como mi madre y valiente e incansable como mi padre. Poseía una vitalidad que me aturdía. Jugaba a fútbol, corría, nadaba… Iba con chicos mayores que él, y nunca se echaba atrás por nada. Le encantaban la competición y el riesgo. Siempre conseguía todo cuanto se proponía.

Yo llegué a sentir cierta envidia. Deseaba ser como él: simpática, vital, extrovertida, con una alegre y despreocupada osadía. Irresistible a todo y a todos. Sin embargo le quería mucho, de todo corazón, y él también. Mi padre y yo éramos las únicas personas a las que hacía caso, obedecía. Del resto, incluidas mi madre y mi hermano mayor, pasaba olímpicamente.

No es que se enfrentara con las demás personas. Nunca chillaba histérico, ni protestaba. Nunca contradecía a nadie ni discutía. Simplemente: se hacía el sordo, cuando le convenía. Sonreía encantador, como si hubiera aceptado gustoso lo que se le mandaba, y no hacía el menor caso.

Desde que empezó a andar, iba al huerto para acompañar a mi padre. Le encantaba ver como regaba las plantas, quería ayudarle y se ponía perdido de agua y barro. A mi padre se le caía la baba.

Cuando tenía tres años, un buen día se desnudó y se metió en la balsa que teníamos para regar. Dijo que quería aprender a nadar. No había ningún peligro en ello, ya que, la balsa no tenía ni medio metro de honda. Mi hermano disfrutaba como nunca, bañándose en ella, chapoteando en el agua para intentar nadar. En aquel y en los siguientes veranos se pasó horas y horas metido en la balsa.

Consiguió aprender a nadar y era capaz de estar nadando casi una hora sin tocar fondo.

Ni al otro hermano ni a mí se nos ocurrió nunca la idea de bañarnos en aquella balsa.

Yo iba muchas veces a ver nadar al pequeño y él siempre me instaba a que también me bañara. Dos o tres veces tuve la tentación de hacerlo, pero siempre desistí por dos motivos: Primero, no tenía bañador y me daba vergüenza meterme allí, solamente con braguitas. Segundo, me daba asco el pensar que aquella verdosa agua podría meterse en mi boca o nariz.

José, al contrario que yo, sentía verdadera pasión por el agua, por bañarse, nadar, saltar dentro y jugar en ella. Ya no se contentaba solamente con meterse en la balsa de casa. Muchos días de verano, sobre todo en la época de las vacaciones escolares, iba con sus amigos a bañarse en los pequeños embalses de un riachuelo, que fluía cerca del pueblo.

Esto lo sabía todo el mundo y era aceptado como una inofensiva distracción de los chavales. Nunca le sucedió nada a ninguno de ellos. Los escasos sitios en que podían bañarse eran poco profundos, el agua bastante fría, y la mayoría se conformaban con entrar y salir para refrescarse. Hasta Clemente, cuando tenía la edad de José, iba a bañarse allí con sus amigos y aprendió a nadar. Aunque no tan bien como José, que hasta sabía bucear, nadar por debajo del agua.

Aquella tarde, mi padre y algunos trabajadores más, habían cogido el autobús para ir a visitar a un compañero, que sufrió un grave accidente de trabajo el día anterior y estaba ingresado en el Hospital de un pueblo cercano.

Era un gesto de solidaridad que realizaban a menudo, demasiado a menudo, demasiados accidentes, demasiadas tragedias. Cada accidente que ocurría en la Mina, cada tragedia, era como una nube de dolor y desesperanza que pasaba sobre el pueblo y nos envolvía a todos durante unos días. Luego desaparecía, volvía la normalidad. Y, con ella, la ciega esperanza de que sería la última vez, pero nunca fue así.

En aquella misma tarde, yo tuve exámenes de final de curso. Al salir, nos reunimos varias compañeras para comentar cómo nos había ido. En general, todas estábamos bastante satisfechas con lo que habíamos contestado, bastante convencidas de que aprobaríamos. Unas cuantas decidimos celebrarlo: tomarnos unos refrescos en el bar de la Plaza. Por ese motivo, llegué a casa casi tres horas más tarde de lo acostumbrado.

Mi madre, cosa bastante rara, estaba sentada a la puerta aguardando. Nada más verla, me di cuenta de lo preocupada que estaba, algo sucedía. Antes de poder pensar en el porqué, me preguntó:

– ¿Has visto a José?

– No, no le he visto ¿por qué? ¿Ocurre algo?

–Aún no ha llegado, ya debería estar aquí hace rato.

Yo pensé: "Es verdad, sale de clase una hora antes que yo y suele llegar una hora después, como máximo, nunca tan tarde. Hoy me he entretenido mucho. Ya debería estar en casa…"

Mi madre interrumpió mis pensamientos al proseguir.

– Se habrá enterado de que su padre regresará tarde y quiere aprovecharse…

Lo dijo por decir algo, ella y yo sabíamos que ese no era el motivo. Empecé a preocuparme, pero reaccioné con optimismo y contesté:

–Últimamente está loco por el fútbol. Me ha dicho que muchos días, al salir de clase, juega dos partidos seguidos: Uno con los de su clase y otro con sus amigos mayores… Puede que todavía estén jugando. Iré a verlo.

–Sí, vete a buscarlo. Estoy un poco nerviosa.

–Enseguida lo traigo. No te preocupes.

Fui directamente al campo de fútbol. Estaban jugando, pero chicos mayores, mayores que yo. Pregunté si habían visto a mi hermano, a unos que estaban viendo el partido. Contestaron que no, con indiferencia, indicando claramente que no les molestara. Solamente uno, quizás al verme llorosa, me dijo amable:

–En la pared del fondo del campo están jugando a frontón chicos de su edad… Seguramente estará con ellos.

Le di las gracias con un balbuceo y esperanzada me dirigí hacia el frontón. Mi esperanza creció al ver allí a uno de sus amigos. Pero volví a angustiarme al comprobar que José no estaba. Pregunté a su amigo:

– ¿Has visto a José? ¿Sabes dónde para?

Mi pregunta le hizo enrojecer y contestó nervioso.

–Dijo que se iba a casa… ¿No está allí?

– ¡No digas tonterías! ¿Por qué crees que lo busco? ¡No ha ido a casa!

– Estará en otro sitio… qué sé yo…

– ¡Sí lo sabes! ¡Lo sabes muy bien! ¡Dímelo, o te llevo al Cuartel de la Guardia Civil!

–No lo sé bien… No creo que… Verás… le dijimos que viniera a jugar a frontón… él quería que fuéramos a nadar en la balsa de *La Ladera*… No creo que haya ido solo… Faustino le dijo que no fuera, si le daba un calambre no podría salir sin ayuda …

Sus palabras me dejaron aterrada y por un instante mi mente se quedó en blanco. Reaccioné echando a correr cuanto podía en dirección a casa. Al llegar mi madre no estaba. Subí a la habitación de Clemente y entré sin llamar. Llorando y sofocada. Él estaba estudiando, al verme se levantó y en dos zancadas estaba frente a mí. Me agarró por los hombres y preguntó:

– ¿Qué ocurre?

– ¿Dónde … dónde está mamá … Hay que avisarla …

–Ha ido a preguntar por José, a casa de algún amigo… No estaba en el fútbol, ¡verdad! ¿Qué pasa? ¿Qué le ha ocurrido?

–Creo que… me ha dicho un amigo suyo… es posible haya ido a bañarse en la balsa de *La Ladera…*

– ¡Dios mío! Vamos allá…

Y nos precipitamos escaleras abajo. Al llegar al recibidor Clemente se dio cuenta de que empezaba a oscurecer y cogió una linterna del armario del contador.

Agarrada de la mano de mi hermano, corrimos, tan deprisa como yo podía, hacia la gran balsa que servía para el riego de varios huertos, que gente del pueblo tenían allí.

Las paredes de la balsa sobresalían del suelo casi un metro y encima de ellas, sujeta con tubos, una valla metálica de dos metros. La valla servía para evitar que personas, o animales, pudieran caerse dentro, ya que la balsa tenía más de tres metros de honda.

La valla de protección no fue impedimento para que los chicos se metieran en la balsa. Nos dimos cuenta, al ver la ropa de José al lado de la abertura que habían hecho, entre la valla y la pared. Mi hermano intentó meterse por ella, pero era demasiado pequeña para sus anchos hombros y robusto tórax. Con su poderosa espalda empujó la valla hacía arriba, con tanta fuerza y rabia que toda la estructura cimbreó. El boquete se hizo más grande y entró.

Quedó apoyado por la cintura en la pared, buscando desesperadamente con los brazos dentro del agua. Consiguió agarrar a José y sacarlo. Lo vi cuando lo enfoqué con la linterna. Su cuerpo azulado, los ojos agrandados, saliéndose de la cara, y una terrible expresión de angustia, de terror, reflejada en su rostro. La imagen de aquella terrible y cruel muerte me horrorizó. Quedé paralizada, incapaz de moverme ni reaccionar.

Vi, como en sueños, a cámara lenta, a mi hermano intentando reanimar a José. Haciéndole el boca a boca y presionando su esternón rítmicamente con las palmas de las manos, en un vano intento por devolverle la vida. Al cabo de un tiempo indefinido, me dijo: "Dame la linterna". Fui incapaz de obedecerle y tuvo que quitármela de la mano.

Enfocó la linterna directamente a las pupilas de José, a dos dedos de los ojos. Volví a verlos otra vez. Vagamente, oí que mi hermano decía: "Está muerto, no se puede hacer nada…"

Entonces me senté en el suelo, o me caí de culo, no lo sé. Sólo recuerdo que apoyé los codos en mi falda y empecé a llorar desconsoladamente, sintiendo un enorme vacío dentro de mí.

Del resto: el entierro, los funerales, el pésame de parientes y amigos, de todo el pueblo, apenas consigo acordarme con claridad. Lo único que ha quedado grabado en mi mente para siempre, y que muchas noches lo sueño, se me aparece en todas mis pesadillas, es el rostro angustiado de mi hermano, con aquella muda súplica de ayuda reflejada en su mortecina cara.

La autopsia confirmó lo que todos ya sabíamos: Había muerto ahogado. Según el informe del forense, fue debido a que: "El muchacho se lanzó dentro la balsa, sin percatarse de que el nivel del agua era más bajo de lo habitual. Debió nadar hasta cansarse, y cuando decidió salir no pudo: sus cortos brazos no alcanzaban a coger el resbaladizo borde de la pared para izarse. Debió intentarlo muchas veces, lo demuestra la sangre y magulladuras de las palmas de las manos y antebrazos, así como sus uñas casi arrancadas. Agotadas sus fuerzas tragó agua..."

Yo no me había fijado en los detalles de los brazos, manos y uñas heridas, sólo en su cara. En su angustia se reflejaba claramente que debió suceder así. Una muerte terrible...

– ¡Amiga mía! No sabes cuánto siento tu desgracia. Me ha conmovido profundamente… Aunque soy viejo, o quizá por ello, me emociono al leer tragedias parecidas. Incluso llego a llorar. A sabiendas que son pura ficción … Y tu historia es realidad, una cruel realidad … Yo también perdí a un hijo, un chico de apenas catorce años … No lo sentí mucho, al menos como se supone que debe sentir un padre la muerte de un hijo … Si él hubiera sido como tu hermano, me habría hecho muy feliz, habría sido lo mejor de mi vida … No sé si hubiera sido capaz de soportar su pérdida … Por ello te comprendo perfectamente y comparto tu dolor … Mi hijo era muy diferente, débil, mimado, mal educado: un pequeño tirano histérico y egoísta … Es posible que este fuera el motivo de no sentir su muerte. Puede que no sea capaz de querer como debe querer un padre… Quizá carezco de sentimientos paternales… No lo sé… Lo único seguro, lo único que siempre he tenido claro es que él me aborrecía… Y su vida, para mí, solamente significó una serie continua de gastos y problemas. Su muerte, un pequeño alivio, una pequeña liberación. No es que me alegrara de ella, pero eso fue todo lo que sentí. Sabía que tarde o temprano sucedería: era su destino… Él también había caído en un negro y profundo pozo.

Un pozo sin agua del cual sólo la muerte podría sacarlo... Pero eso es una parte de la historia de mi vida. ¡Cuánto deseo contártela! Sé que solamente tú podrías comprenderme... Sin embargo no puedo hacerlo... Puede que años atrás, quizá diez años atrás, no hubiera podido resistir la tentación de escribirla y hacértela llegar... Ahora ya es demasiado tarde, es imposible. Mi vida transcurre demasiado plácidamente y por nada del mundo la alteraría... Me conformaré con seguir meditando sobre tu sorprendente narración. ¡Vale la pena!

La muerte de mi hermano nos afectó profundamente a todos, principalmente a mi madre. Ella ya nunca volvió a ser la misma. Cuando estaba con alguno de nosotros, o con todos juntos, procuraba estar alegre, dar la impresión de haberlo superado. Pero hablaba mucho menos que antes y, cuando estaba sola, se pasaba horas sentada, abatida, llorando en silencio, dando rienda suelta a su callado sufrimiento.

Dios no se conformó con quitarnos al más pequeño de la familia, a un niño alegre y encantador que acababa de cumplir diez años. Cuatro años después se llevó a mi padre en un accidente de trabajo.

Hubo una explosión dentro de la mina. Parte de una galería se desplomó y quedaron atrapados varios mineros. Mi padre y otros compañeros ayudaron a salir a los heridos y, seguidamente, intentaron rescatar a los atrapados entre los escombros. Una segunda explosión sepultó a todos los que estaban allí.

Murieron siete mineros, entre ellos mi padre. Murió instantáneamente: una viga al desplomarse, le partió el cuello. Fue el accidente más grave ocurrido en aquella mina. Además de los muertos hubo muchos heridos graves, mineros que quedaron paralíticos para toda su vida y otros sufrieron amputaciones de piernas, brazos o pies… Una tragedia que conmovió y exasperó a toda la cuenca minera. Hubo huelgas, manifestaciones, todo tipo de protestas. Pero nada pudo devolver las víctimas a sus familias, ni la vida normal a los inválidos. Esta fue la dura realidad.

Clemente empezó a trabajar en la "La Mina", cuando cumplió los dieciocho años. Trabajaba y estudiaba la carrera de Ingeniero Técnico de Minas. La empresa daba bastantes facilidades y ayudas económicas a los obreros que decidían cursar dicha carrera, y mi hermano las aprovechó. Terminó a los veintiuno. Entonces yo tenía dieciocho y estaba preparada para entrar en la Universidad.

Por la muerte de mi padre, a mi madre le asignaron una Pensión de Viudedad, con la cual podía vivir sin estrecheces. Además, recibió una buena cantidad de un Seguro de Accidente. Ella quería que ese dinero sirviera para que los dos pudiéramos marchar a la ciudad y estudiar una carrera: Clemente la de Ingeniero Superior y yo la de Arquitectura, que era la que me gustaba. Sin embargo, Clemente dijo que no quería seguir estudiando. La empresa le había ofrecido un trabajo que le gustaba mucho, le gustaba vivir en aquel pueblo y pensaba casarse pronto. Vivirían con mi madre. Ella no se quedaría sola y yo podría marcharme, sin tener otra preocupación que la de estudiar. Ya que, en aquel pueblo o en los cercanos, no tenía la posibilidad de estudiar y, menos todavía, la de ejercer una carrera, a no ser la de maestra. Pero de seguir proliferando como hasta ahora, pronto habría más maestras que alumnos.

Lo que dijo mi hermano era la pura verdad, la pura realidad. Solamente me quedaban dos opciones:

marcharme, estudiar e independizarme, o bien, quedarme en casa como una solterona cuidando a los sobrinos. O, en el mejor de los casos, casarme con un administrativo, minero, o tendero. Así que lo vi de claro: no me quedaba otra opción que la de marcharme.

Mi futura cuñada sabía, por referencias, de una Pensión en la ciudad bastante decente y económica. Nos pusimos en contacto con los dueños, fui a visitarles, acompañada de mi madre y de mi hermano, y nos gustó. El edificio, una antigua posada, era viejo y sólido. La planta baja, en la cual vivían los dueños, disponía de un amplio comedor y un salón, ambos para uso de los huéspedes. La planta superior la habían modernizado y comprimido, consiguieron sacar de ella doce habitaciones individuales. Todas iguales, muy pequeñas: cama de soltera, un armario cuya parte central abatible servía de escritorio, una silla, un taburete y un minúsculo aseo con ducha. Así lo vi yo, acostumbrada a la amplitud de mi casa. Sin embargo, me gustaron los dueños: un matrimonio ya mayor, su hija de unos cuarenta años y una sobrina. Todo estaba limpio y ordenado y la comida era casera y sencilla. Las normas de convivencia un poco rígidas, para los tiempos en que estábamos, pero eso no me importó, era mejor así. Me reservaron plaza y al inicio del curso me trasladé allí.

Estuve con ellos hasta que me case. Solamente admitían mujeres y la mayoría de las que se hospedaban allí eran estudiantes. Venían se quedaban uno o dos cursos y se marchaban. No llegue a establecer una relación de amistad con ninguna de ellas. La verdad es que conocía a muchas chicas y chicos de mi edad, pero no tenía ni amigas ni amigos, en el sentido estricto de la palabra. La única amiga de verdad que tenía en la ciudad era Julia, el resto de amigas se habían quedado en el pueblo y las seguía conservando. Escribía a todas ellas y ellas contestaban mis cartas o me llamaban por teléfono. Yo prefería las cartas, era un método más personal, íntimo y barato. Incluso escribía a mi madre y a mi hermano, a pesar de que ella me llamaba por teléfono cada semana. Y yo pasaba en el pueblo la mayoría de las vacaciones escolares.

Estaba a punto de terminar los estudios, y era la huésped más antigua de la Pensión, exceptuando a una anciana soltera, un poco *ida,* que llevaba muchos años allí. Esta anciana era una buena persona, delgada, nerviosa y amable. Muy mayor, a veces decía que iba a cumplir los ochenta años y otras que pasaba de los noventa. Lo cierto es que me caía muy bien y que trabajaba más que ninguna de nosotras. Ayudaba, desinteresadamente, a los dueños en la limpieza y en la cocina. Siempre estaba predispuesta para hacernos un favor a cualquiera: planchar una blusa, un vestido, pequeños arreglos en la ropa Algunas se aprovechaban, descaradamente, de su generosidad y buena fe. A todas nos llamaba hija y algunas comentaban que creía de verdad ser nuestra madre: un caso de maternidad frustrada. Aunque yo opinaba sinceramente, que era debido a su incapacidad para acordarse de nuestros nombres.

Después me seguía Amalia. Ella ya llevaba cuatro años allí y no estudiaba. Vino de su pueblo para atender a una señora inválida y estuvo con ella hasta su muerte. Amalia no quiso volver al pueblo y los hijos de la señora le dieron trabajo en un comercio propiedad de la familia. En los últimos años nos relacionamos un poco más, es decir: ella solía venir a mi habitación para hablar. Siempre hablaba ella y del mismo tema, su novio. Cuando se enfadaban, me contaba, con todo detalle la riña y los motivos. Y, también, lo contrario, cuando habían pasado un fin de semana maravilloso. Últimamente solía pasar casi todos los fines de semana con él, aunque decía a todos los demás que iba a visitar a su familia. Yo la escuchaba pacientemente y, a veces, divertida por dentro. Aquel día me explicó que iba a casarse y se iría a vivir a casa de los suegros... Y como yo era su mejor amiga, contaba con que asistiría a la boda. Su invitación me cogió por sorpresa, nunca la hubiera esperado. En seguida comprendí que me invitaba solamente para hacer número. Ella estaba peleada con toda su familia y no quería saber nada de ésta ni de nadie de los de su pueblo, nunca me explicó el motivo. A pesar de ello, acepté la invitación. ¡Ojalá, no la hubiera aceptado! ¡Ojalá, no me hubiera invitado a aquella fatídica boda! ¡En ella conocí a Paco!

Paco había sido invitado por parte del novio y a la hora de la comida estaba situado casi frente a mí, dos sitios más a la izquierda. Él llevaba todo el peso de la conversación en aquella zona de la mesa. Simpático, despreocupado y algo fanfarrón, no paraba de contar chistes obscenos, y algunos de mal gusto. Todos reían, todos estaban pendientes de él: los hombres animándole y las mujeres mirándolo embobadas. Yo le observaba con disimulo. Me resultaba atractivo. Ojos y pelo castaños, labios gruesos, nariz perfecta. Un rostro que daba la impresión de una infantil despreocupación y osadía.

A la hora del baile, todo aquel grupo se levantó para ir a bailar y yo me encontré en una situación incómoda, sentada allí sola. No me gusta demasiado el baile, no tengo sentido del ritmo y bailo bastante mal. En mi vida solamente había estado una vez en una discoteca y a la media hora salí, sin intentar siquiera bailar. Aquel ruido, aquel frenesí, aquellos focos de luces cambiantes me mareaban. Los bailes de las fiestas de los pueblos eran diferentes, menos ruidosos y extravagantes, en ellos me sentía a gusto. Todo y así, era de las chicas que menos éxito tenían. Por ello, no me atreví a meterme sin acompañante en aquel bullicio, aunque otras chicas lo hicieran. La larga mesa quedó casi vacía, sólo un grupo en la cabecera que charlaba animadamente y cerca de mí una pareja mayor. Él, medio dormido fumando un puro y la mujer mirando distraída a su alrededor. Me levanté y fui hacia ella, pregunté si podía sentarme y, como excusa, añadí: "Desde aquí puedo ver mejor como bailan, me quedaban de espaldas…". Ya no pude pronunciar más palabras, me acogió como si me conociera de siempre y empezó a contarme sus achaques, las enfermedades que había tenido, el nombre de los médicos que la atendían ... La miraba, fingiendo escuchar con interés su conversación, mientras mi cabeza pensaba en otras cosas: en las fiestas del pueblo, en lo bien que lo pasaba allí, en lo estúpida que había sido al venir a una boda en la que solamente conocía a la novia y ni siquiera pude hablar con ella, a pesar de ser su *mejor amiga*. Desde luego – pensaba en aquel momento– soy una tonta ingenua y no escarmentaré nunca. Una mano al tocar mi hombro interrumpió mis pensamientos, ladeé la cabeza y lo vi. Era Paco, el cual con una encantadora sonrisa me preguntaba:

– ¿Cómo es que no bailas?

–No sé bailar – contesté un poco avergonzada y muy ruborizada–.

– ¡Vamos! Todo el mundo sabe bailar. Sólo hay que mover el cuerpo al ritmo de la música.

– Es que yo no tengo sentido del ritmo, ese es mi problema.

–Todo el mundo lo tiene, solamente falta practicar. Ven yo te lo enseño, veras lo fácil que es...

Mientras decía esto, me cogió del brazo y tiró de mí para que me levantara. Le obedecí contenta y él me llevó al centro del baile. Allí, frente a frente, me di cuenta de que no era tan alto como creí. Como máximo medirá metro setenta, calculé, pero tiene un buen tipo, pensé: hombros y tórax anchos, cintura estrecha, piernas rectas…

Paco bailaba de maravilla, todos le miraban admirados de como se movía y contorsionaba al ritmo de la música. Algunas chicas intentaron quitármelo, plantándose delante de él y contorneándose descaradamente. Pero él no les hizo ningún caso y eso me halagó muchísimo. Me sentí optimista, segura de mi misma y envidiada por muchas chicas. Ello me animó y conseguí bailar como nunca había hecho, es decir: no del todo mal. Aquel baile con Paco fue de los recuerdos más felices que había tenido.

Fue entonces cuando me enamoré de él. Desde aquel día comenzamos a salir, pero no nos acostamos juntos hasta seis meses después. Paco era muy apasionado, me besaba, abrazaba y acariciaba con una fogosidad casi salvaje. Ello me sofocaba, aturdía y excitaba a la vez, pero me resistía a entregarme del todo.

Tuve una amarga experiencia con un muchacho del pueblo, él también decía que me amaba y muchas cosas bonitas. Siempre me acompañaba, mimaba y complacía, hasta que me entregué totalmente, y por primera vez. A partir de entonces dejó de interesarse por mí, solamente me buscaba para hacer el amor, como si fuera su querida. Me dolió mucho, pero rompí definitivamente con aquel chico.

Sabía de sobras, que muchos hombres sólo buscan sexo, y tenía miedo de que Paco fuera uno de ellos. Por otro lado, yo también estaba deseando entregarme a él, me costaba resistirme. También pensaba, que de persistir con mi actitud, podría dejarme por ser una *estrecha*. Sin embargo, no me dejó y disfrutamos plenamente del sexo. Los primeros meses fueron muy hermosos, inolvidables…

–Sí, amiga Soledad. El amor es hermoso y el sexo también. La juventud es hermosa, la paz y la tranquilidad son hermosas. Hay muchas cosas hermosas en esta vida… Y muchas de feas, desagradables… Me alegra de verdad, saber que tuviste momentos felices… Yo también estuve enamorado, con toda mi alma y corazón… Fue maravilloso… Duró poco: la felicidad es fugaz. Pero su recuerdo imborrable… Nuestra mente es prodigiosa, tiene una especial capacidad para olvidar los recuerdos dolorosos y retener los felices… Aunque muchos de los dolorosos, tampoco pueden olvidarse nunca. Solamente se difuminan y su dolor se atenúa… Supongo que a ti te ocurrirá lo mismo… Nuestras vidas han tenido muchas cosas en común.

Casi podría decirse que han sido paralelas… Puede que la mayoría de existencias lo sean… Quizá todas las vidas lo son…Es una posibilidad en la que no había pensado hasta hora. Lo anotaré, para pensar y profundizar sobre este tema… Pero no hoy, otro día, más adelante… Primero estás tú y tu manuscrito. Debo continuar meditando sobre él. Es muy interesante… Y tú también, amiga mía…

Cuando llegué a la ciudad, me dediqué plenamente a estudiar. De adolescente, ya conocía bastante bien mis posibilidades y defectos en lo referente a los estudios. Me costaba retener en la memoria nombres y fechas, datos sueltos, inconexos. Me habría sido difícil cursar la carrera de Farmacia, Derecho o Historia. En cambio, mi memoria espacial era muy buena, fotográfica. Y se me daban bien las

Matemáticas, la Física y la Química. Podía cursar, sin problemas, cualquier carrera técnica: por ello elegí Arquitectura.

También sabía, que me costaba más esfuerzo que a la mayoría el aprender una asignatura. Pero una vez aprendida, me costaba mucho olvidarla totalmente. Puede que el motivo fuera debido a mi forma de estudiar: Primero leía toda la asignatura despacio, sin esforzarme en aprenderla, sólo para tener una idea general de ella. Luego volvía a leerla, centrándome en los puntos claves y los subrayaba. Después copiaba todo lo subrayado y las notas marginales mías. Estudiaba a fondo ese resumen y sacaba de él otro todavía más condensado. Este sistema exigía de mí muchas horas de dedicación, pero al final compensaba mis esfuerzos. No es que obtuviera notas brillantes, sólo conseguí tres "Notables" en toda la carrera, pero eso sí, ningún suspenso. Desde que empecé a ir a la escuela, nunca tuve un "Suspenso".

Lo que mejor se me daba, y quizá por ello me gustaba como distracción, era el dibujo. Cuando mi cabeza estaba ardiendo, incapaz de seguir estudiando, me ponía a dibujar y ello me relajaba y despejaba, como una fresca ducha.

Dibujé toda mi habitación, el comedor y el salón de la Pensión, las fachadas de las casas vecinas... Y cuando se terminaron los temas cercanos, me dedique a buscarlos por el resto de la ciudad.

Pasaba los fines de semana visitando monumentos históricos y recorriendo la ciudad en busca de edificios y construcciones interesantes. Hacía un bosquejo de ellos, y tomaba notas sobre sus particularidades y detalles más sobresalientes. Después, cuando tenía ganas, los dibujaba en mi habitación. Luego iba a compararlos con los edificios reales. Los resultados eran, casi siempre, como si los hubiera fotografiado.

Ello me animaba y entusiasmaba. Pero eso no era crear, sino copiar. Y yo deseaba fervientemente crear cosas nuevas, originales. Puse todo mi empeño e ilusión en ello, pero pronto comprendí que mi mente sólo era capaz de combinar las cosas que tenía almacenadas en ella. Nada de lo que producía era original. Eran combinaciones, más o menos acertadas, de cosas ya vistas, existentes.

Sólo había conseguido hacer, manualmente, lo que ya estábamos haciendo en la Universidad en las clases de diseño con ordenador. Y éste tenía almacenados en su memoria cientos de miles de datos, globales y parciales, que se podían combinar de mil maneras diferentes, en muy poco tiempo y sin esfuerzo.

Compré un ordenador y un buen programa de dibujo técnico, y comencé a trabajar con ellos. Fue apasionante y divertido, como si se tratara de un juego. Pero no jugaba como si fuera un juego de *marcianitos*, sino que me lo tomaba muy en serio, buscando siempre una combinación nueva, verdaderamente creativa.

Estas horas, cientos de ellas, dedicadas a ese trabajo, fueron muy positivas para mis estudios. Saqué muy buenas notas en diseño y la más alta en el Proyecto de Fin de Carrera.

Para este proyecto, una urbanización con torres apareadas, me basé en una urbanización que había visto muchas veces. La veía cada vez que iba al pueblo, cuando el tren paraba en una de las estaciones del recorrido. La primera vez que me percaté de ella, pensé: "El lugar es precioso y el terreno ideal, lástima que le hayan sacado tan poco provecho, lo han estropeado todo con esas extravagantes edificaciones y mala distribución"… Las siguientes veces ya la iba reconstruyendo mentalmente a mi gusto, como pura distracción. Tenía tan clara esta idea en mi mente, que me costó muy poco el desarrollarla.

Por fin, había terminado la carrera. Llevaba con Paco un año de relaciones y deseábamos casarnos. Paco no quería tener hijos, me había hecho largos discursos sobre la responsabilidad que significa el tenerlos, sobre que la pareja tiene derecho a vivir a tope, sin ataduras… No me impresionaban lo más mínimo sus peroratas. Estaba convencida, que con el tiempo cambiaría de opinión. La única verdad, la realidad, era que con el sueldo de él no podía mantenerse decentemente una familia. Me había mentido respecto a lo que ganaba, así como a su empleo: "Jefe de una Central Eléctrica", cuando en realidad era un Oficial de 3ª y ganaba la mitad de lo que presumía. Yo fingía ignorar estas y otras muchas mentiras, creyendo que no eran maliciosas, sino fruto de su carácter un poco infantil y vanidoso. Ya que en lo referente a su cargo y sueldo, lo afirmaba incluso delante de su compañero de turno, Anselmo. Por una indiscreción de éste me enteré de la verdad, pero jamás se lo comenté a Paco. Estaba muy enamorada de él y hubiera aguantado cualquier cosa, con tal de no perderlo.

Ahora, solamente necesitaba que me dieran el trabajo, que Julia y su padre me habían prometido. Julia fue la única compañera de carrera con la cual me compenetré de verdad. Nos hicimos amigas, muy amigas, para mí de las mejores. Nos ayudamos mutuamente en los estudios y conocí a toda su familia, ya que iba muy a menudo a estudiar en su casa. Su padre es un arquitecto muy conocido y tiene uno de los mejores gabinetes de la ciudad. Esperaba que su hija terminara la carrera para que fuera a trabajar con él. Ella me había dicho repetidas veces, sin que yo se lo pidiera, que también tendría trabajo para mí. Lo había hablado con su padre y estaba de acuerdo. Él me lo confirmó personalmente, un año antes de finalizar los estudios. Ahora ya hacía varios meses que no me hablaba del tema y la llamé para recordárselo. Después de un rato de charla, abordé el asunto indirectamente:

– ¿Cuándo empiezas a trabajar con tu padre?

–Ya llevo dos semanas, comencé a primeros de mes.

– ¿Cómo te va?

–Es interesante, pero como soy la más novata me toca hacer de *chica para recados.*

– ¿Cuándo podré empezar? Así yo haré de chica para recados, pues tú ya eres veterana.

–Veras… De momento no tenemos ninguna plaza vacante. Ha habido cambios en el despacho…

– ¿Por qué no lo dijiste antes? Me habías prometido ese trabajo. Contaba con ello para poder casarme dentro de unos meses.

– Lo sé y lo siento mucho. ¡Créelo! Volveré a insistir otra vez con mi padre…

– ¿Qué ha ocurrido? Sé franca. Tu padre estaba de acuerdo. Me lo ofreció sin que yo se lo pidiera. ¿Por qué ese cambio de opinión?

– Como ya te expliqué, trabajaba con nosotros un joven arquitecto. Mi padre no estaba contento con él y ya le había comunicado que no le renovaría el contrato. Tenía previsto que yo ocupara esa vacante y aún quedaría otra para una persona sin experiencia, y con ganas de aprender: para ti. Es lo que te prometimos. El joven en cuestión, se marchó seis meses antes de que nosotras termináramos la carrera. Mi padre no podía esperar hasta que yo me incorporara y contrató, para este periodo de espera a otro joven arquitecto. Bueno, no tan joven. Tiene treinta años y ya lleva cinco trabajando. Es un buen profesional y mi padre está encantado con él... A mí me gustó, como hombre, desde que lo vi. Nos gustamos mutuamente y salimos juntos... Estamos pensando en casarnos. Para mi padre ya es como de la familia. Debes comprenderlo...

–Lo comprendo perfectamente. Lo que no comprendo, lo que no me cabe en la cabeza, es que no me lo dijeras en el mismo momento en que lo supiste. ¡Confiaba en ti! En tu promesa, en este trabajo y me has dejado *tirada*. ¡Nunca lo hubiera esperado de ti!

–Tienes toda la razón de estar enfadada. Me he portado egoístamente... Estoy muy enamorada de Joaquín y se me ha ido el santo al cielo. Últimamente, sólo estoy pendiente de él y del trabajo. Pero no me he olvidado de ti, te lo juro. Hará un mes que hablé de ello con mi padre. Me prometió que miraría de encontrarte trabajo en algún gabinete de sus colegas. Está muy relacionado y estoy segura de que lo conseguirá. No vamos a dejarte tirada, te lo prometo. Papá también ha estado muy atareado últimamente, y no hemos vuelto ha hablar de la promesa que te hicimos. Hoy mismo se lo recordaré. Insistiré hasta conseguirlo, ya me conoces… Tengo el privilegio de ser hija única y papá nunca me ha negado nada que fuera razonable, y menos todavía algo que ya había prometido de antemano. Tendrás un trabajo. Puedes estar segura.

–Te lo agradezco. Perdona mi enfado, ponte en mi lugar, ¿Cuándo sabré algo? ¿Cuándo quieres que te llame?

–Te llamaré yo, esta misma semana.

No me llamó aquella semana y yo lo pasé fatal. Pensando cosas como:

–Me ha tomado el pelo, me ha engañado como a una tonta… No llamará, ya debía de haberlo hecho. Sabe de sobras lo importante que es para mí, que estaré pendiente de su llamada… Quizá no pueda llamar… Puede que esté enferma o un accidente de coche. ¡Dios mío! Sería terrible, y yo dudando de ella…Debo llamarla para salir de dudas, es lo más natural. Siempre nos hemos llamado. ¿Qué le digo? ¿Qué excusa pongo? Es ella quién debe llamar, lo dejó bien claro … No llamará, lo presiento … Me ha decepcionado, no acabo de creerlo … Es la única persona de esta ciudad en quien confiaba plenamente, más que en Paco … Ella nunca me mintió, que yo sepa Nos conocemos desde hace más de cinco años, somos amigas de verdad. Hemos pasado muchas horas juntas, estudiando y hablando. Nos hemos confiado, mutuamente, cosas muy íntimas y hemos trabajado duro, en equipo, como buenos camaradas… Pensaba que la conocía perfectamente. ¿Cómo he podido equivocarme tanto? Siempre me equivoco con las personas, soy una ingenua. Nunca escarmentaré. Siempre voy de buena fe, con el corazón en la mano. Debo de aprender, cambiar, o la vida me obligará… Quizá no consiga cambiar, o no quiera. Soy una pueblerina y puede que no consiga adaptarme a la ciudad. ¿Me convertiré en una egoísta, hipócrita y mentirosa? ¿Es esa la única forma de triunfar, subsistir, en una gran ciudad? ¡Ojalá no me hubiera marchado del pueblo! Pero no habría conocido a Paco. Y, aunque es un poco engreído y mentiroso, lo adoro. Tendremos que aplazar la boda, hasta que encuentre un trabajo… Podría hacer oposiciones para conseguir una plaza en la Administración, si se consigue es un empleo seguro, para toda la vida … Pero, puedo pasarme dos o tres años en conseguirlo, puede que más … Podríamos casarnos y no tener hijos hasta que obtuviera la plaza. Haciendo solamente el trabajo de la casa, me sobraría mucho tiempo para prepararme. Paco lo entenderá, eso espero…

Quizá deba hablarle… Ya es hora de hablar seriamente, y sin tapujos, de la cuestión del dinero. Lo haré dentro de una semana, si Julia no me llama y me saca de dudas… Nunca me había mentido, es formal, puntual y responsable, como yo… ¿Qué le habrá pasado? Si no me llama mañana, la llamaré…

Así transcurrieron cinco largos días de dudas e incertidumbre. Más dolida por creer que Julia se había burlado de mí, que por la pérdida de un trabajo, el cual, inocentemente, ya consideraba como mío.

Al sexto día, Julia llamó a media mañana para decirme:

–Perdona que no te haya llamado antes. Mi padre ha estado fuera y hasta hoy no ha podido solucionar el problema.

– ¿Ha encontrado algo para mí? ¿Es verdad?

–Claro, ya te lo dije. Tiene muchas amistades. Ha hablado de ti a varias de ellas y al final lo ha conseguido.

– ¿Dónde? ¿En la ciudad?

–En un gabinete de arquitectos. Está cerca de la Universidad. Con ellos tenemos muy buena relación. Hay proyectos y trabajos que los hacemos conjuntamente. En cierto modo, será como si trabajáramos juntas.

–Es fantástico. No sabes cuánto te lo agradezco. Es el favor más grande que podían hacerme.

–No tienes porque agradecer nada. Te había prometido trabajar juntas y no hubiera podido perdonarme el no cumplir con mi promesa.

–Eres la persona más leal que conozco. Aunque llegué a dudar de ti. Te ruego que me perdones por ello.

–Te entiendo perfectamente. Yo habría pensado lo mismo, en tu lugar.

– ¿Este empleo es ya seguro? ¿Así, por las buenas?

–Casi. Solamente depende de la entrevista que tendrás con ellos. Y estoy segura de que les caerás bien. No te preocupes. Mi padre te ha recomendado muy bien, les ha dicho: "Una chica tan prometedora no podemos permitir que pase a la competencia".

–Tu padre es muy amable y tú también. Gracias.

–Eres una gran persona y amiga. Te apreciamos sinceramente. Espero que podamos seguir siendo amigas y compañeras de trabajo, para siempre.

–Por mí no quedará. Lo deseo de todo corazón.

–Yo también… Bueno, vamos a lo práctico. Anota el nombre y la dirección… Bien, llámales cuanto antes, de parte de mi padre. Pregunta por Víctor.

–Lo haré en seguida. Así que colguemos. ¿Quién es Víctor? ¿El Jefe de Personal?

–Es uno de los dos socios, el que se ocupa de la parte comercial, administrativa y de personal. El otro socio, Benjamín, se ocupa de la parte técnica. Lleva algunos trabajos tuyos, por si quiere verlos.

– ¿Qué tal son? Como profesionales, quiero decir.

–Todavía no los conozco personalmente, pero por lo que sé, los dos son muy buenos, cada uno en su campo, y se entienden bien.

–Ya te tendré al corriente. Gracias por todo lo que estás haciendo.

–De nada. Si tienes algún problema o duda llama, o ven a verme a la Oficina. Así la conocerás y te presentaré a Joaquín.

–Iré, tan pronto como pueda. Llamaré antes.

Nerviosa de alegría llamé al número que me había dado Julia. Y a los pocos minutos ya tenía concertada una entrevista con Víctor, para el día siguiente a las cuatro de la tarde. Quedé muy contenta de lo rápida y fácil que había sido la conversación. Tuve la clara impresión de que ya tenía asegurado el puesto. Tan fácil –pensé– demasiado fácil. En el mundo laboral nada es fácil. Puede que sea demasiado optimista. Y empecé a cavilar…

Apenas hemos hablado. Yo solamente le he dicho cómo me llamo y que el señor Esteban Costa me ha dicho que ellos tenían un posible empleo para mí. Víctor ha respondido saludándome muy amable. Con voz clara, pausada, agradable… Da la impresión de ser una persona mayor, culta y educada. Después de saludarme ha añadido: "Esteban ha dado muy buenas referencias de ti. Es un buen amigo mío y respeto mucho su opinión. Naturalmente, es necesario que tengamos una entrevista para concretar los detalles, espero que lleguemos a un acuerdo beneficioso para ambas partes." Yo le he interrumpido contestando precipitadamente que por mi parte no quedaría, no habría ningún problema. Él se ha reído, añadiendo que estaba encantado con mi buena disposición de ánimo, que mañana ya hablaríamos más extensamente. Ahora debía disculparle, esperaba una visita. Sí, eso es lo que hemos hablado. Incluso se ha reído con mi metedura de pata, con mi brusca interrupción de su conversación… Aunque, debió de comprender que fue un impulso de alegría. Visto de ese modo, parece que daba por hecho, que el empleo sería para mí. Se ha comprometido mucho con sus palabras. Esperaba otro enfoque más imparcial. El típico: "Comenzaremos con una entrevista personal, para conocernos. Luego tendrá que hacer un examen psicotécnico y otro sobre su preparación para este trabajo… Ya sabe, es lo necesario para una selección de esa categoría. "No comprendo por qué ha sido tan poco diplomático… A no ser que el padre de Julia tenga tanta influencia sobre ellos, sea accionista principal. Y ello no significaría pedir un favor, sino dar una orden… Dudo que se trate de eso, no creo que el padre de Julia sea tan rico, tenga tanta influencia económica… Si tuviera dinero metido en ese gabinete, Julia lo sabría y me lo habría contado, no es nada vergonzoso. No sé, ya veremos mañana. Todavía no está decidido… Puede que no les caiga bien, no les guste mi aspecto… Los hombres dan mucha importancia al tipo, a la belleza femenina. Hubiera sido mejor tratar con una mujer, ellas, al hacer una selección, desconfían de las chicas muy guapas, sobre todo de las "*monumentales*"… Bueno, ya veremos, será lo que Dios quiera… Nada voy a solucionar pensando en ello… He quedado con Paco para comer, invitaré yo, sin decirle el porqué… No sea que se haga demasiadas ilusiones. Le diré, eso sí, que mañana tengo una entrevista. Y que si tengo la suerte de conseguir el trabajo, lo vamos a celebrar por todo lo alto…

Salí con Paco, estuvimos paseando, comimos, fuimos a bailar e hicimos el amor. Durante aquellas horas, apenas pensé en la importante entrevista del día siguiente. Ni tan siquiera se la mencioné a Paco. Pensé: "Por qué decírselo, si no consigo el trabajo, se molestará. Creerá que ha sido por culpa mía. Es un poco infantil y piensa que las cosas marchan solas".

Llegué feliz y relajada. Dormí muy bien, nueve horas de un tirón. Me duché, tomé un buen desayuno y fui a la peluquería. También compré unos zapatos y un bolso. Quería causar buena impresión.

Con todo esto, me pasó el tiempo volando. Llegué a la Pensión a las dos. Comí deprisa y me arreglé con mi mejor ropa: una blusa color crema, un traje chaqueta azul pálido y el bolso y los zapatos color azul marino. Al mirarme al espejo, me sentí satisfecha. A las tres y media, ya estaba en la puerta del edificio de la Oficina, y pensé:

–Es demasiado pronto, diez minutos antes de la hora es lo correcto … Pero no voy a estar paseando veinte minutos con el bolso colgado del hombro y esa carpeta de dibujo, que casi toca al suelo … Puedo esperar en un bar, tomando un refresco … ¿Y si tardan en servirme y llego tarde? ¡Ya sería el colmo! Lo mejor es subir, no es nada malo ser demasiado puntual. Esperaré allí, el tiempo que haga falta…

Me presenté a la recepcionista y le dije:

–Tengo una entrevista a las cuatro, con el señor Víctor. Ya sé que es demasiado pronto, no sabía el tiempo que tardaría en venir hasta aquí.

–No te preocupes, ahora le aviso.

–Te espera en su despacho. Es al final del vestíbulo.

–Gracias.

Aún no había dado tres pasos en la dirección indicada, cuando vi que se abría la puerta del despacho y salía un hombre. Creí que sería una visita y me arrimé un poco a la pared, para dejar más anchura de paso. Él se plantó frente a mí, tendiendo su mano, al tiempo que decía:

—Ya nos conocemos por teléfono. Soy Víctor. Encantado de conocerte en persona.

—Gracias. Es usted muy amable.

—De tú, por favor. Aquí todos nos tuteamos.

—De acuerdo, gracias.

Entramos en su despacho: amplio, de estilo clásico, con sólidos y cómodos muebles. Parecía más el despacho de un abogado que el de un arquitecto.

Víctor también era totalmente diferente, de como lo había imaginado. No le hice más de cuarenta años, alto, obeso, un poco calvo, con un rostro jovial. Una persona optimista, campechana, contenta de sí y de la vida. Muy bien vestido y pulcramente arreglado. Culto y agradable en el trato, inspiraba de inmediato confianza y simpatía.

Tenía sobre la mesa un cuestionario, el cual iba rellenando a medida que contestaba a sus preguntas. Todas ellas simples, rutinarias: nombre, edad, dirección, dónde nací y curse mis primeros estudios, años en la universidad, idiomas, aficiones, deportes… Luego añadió:

–Bueno, ahora voy a hablarte un poco de nosotros. Somos una empresa pequeña. Sólo siete en plantilla, contando a Benjamín y a mí. La fundamos nosotros dos, hace seis años, y vamos tirando bastante bien. Gracias a la labor de todos, del equipo. Para nosotros es fundamental que te integres plenamente en la empresa, es lo más importante.

–Por mí, no quedará. Puede estar seguro.

–Lo estoy. Pero puede suceder que no sea por ti, sino por nosotros. Hay que tener presente esa posibilidad. Por ello tenemos por norma: no hacer un contrato indefinido a una persona hasta estar totalmente convencidos, por ambas partes.

–Lo comprendo perfectamente. Es lo normal hacer un contrato a prueba.

–No es eso lo que quería decir. Lo que quiero proponerte, es que empieces a trabajar con nosotros como una profesional libre, cuyo sueldo será una comisión, sobre lo que se facture por los trabajos que hagas o colabores. Con una cantidad mínima garantizada de "…" pesetas mensuales, para el caso de que las comisiones no alcanzaran esa cifra. Aunque estoy seguro de que la superarás con creces, si el ritmo de pedidos sigue como hasta ahora.

–Me parece bien. En ese momento lo más importante para mí es aprender y tener la posibilidad, si la merezco, de conseguir un buen empleo.

–Si todo transcurre como espero, lo tendrás dentro de un año o año y medio como máximo.

–Estoy de acuerdo. ¿Cuándo puedo empezar?

–Antes necesito la aprobación de Benjamín. Él lleva toda la parte técnica y trabajarás a sus órdenes directas el noventa por ciento del tiempo. El resto, si no te importa, tendrás que hacer algunas gestiones: recados burocráticos, un poco aburridos, con la Administración, trámites de permisos, licencias de obras…

–Es lógico y forma parte del trabajo. Estaré encantada de hacerlo.

–Me gusta mucho tu espíritu flexible y emprendedor, nos llevaremos muy bien, estoy seguro.

–Gracias. Pienso lo mismo.

– ¿Veo que has traído algunos dibujos?

–Sí. ¿Quieres verlos?

–Será mejor que se los enseñes a Benjamín. Voy a buscarlo, aguarda un momento.

Mientras esperaba, estuve pensando:

–Julia tenía razón. Estaba en lo cierto respecto a Víctor. Se le nota muy competente en su trabajo: el perfecto negociador. Ideal para conseguir clientes y pedidos. Debe desenvolverse muy bien en todos los terrenos y situaciones. Yo no soy así, puedo fallarle en sus encargos… Siempre me he sentido cohibida ante cualquier funcionario público… Tendré que espabilar, no puedo fallarle. Me gusta mucho este trabajo. Haré lo imposible por conservarlo… Si es que lo consigo. ¿Qué opinará Benjamín? Su opinión es decisiva, es el técnico… No creo que busque a una *lumbrera* con ese sueldo… Creí que sería más alto…Bueno, para empezar no está mal: la mitad del sueldo verdadero de Paco, como mínimo. Más que suficiente para mis gastos, y aún podré contribuir en los de la casa. No está nada mal, como comienzo…

Así de optimista me cogió la entrada de Víctor y Benjamín. Al verlos me levanté rápida, y me quedé tiesa como un palo. Benjamín me tendió la mano sonriente y dijo, sin más preámbulos:

– ¡Vamos a ver tus trabajos!

Tenía la carpeta en el suelo, apoyada contra la silla en que me senté, y antes de llegar a cogerla, ya lo había hecho Benjamín. La depositó sobre la mesa de reuniones, que quedaba detrás de nosotros, la abrió y empezó a extender los dibujos, en el mismo orden en que yo los había colocado.

Benjamín, alto, delgado, estrecho de hombros, brazos largos, algo encorvado, tenía el tipo de un adolescente desgarbado. Debería tener, como mínimo, treinta años, aunque parecía mucho más joven que yo. Sobre todo por su rostro: pelo negro rizado, nariz aguileña, ojos negros y grandes, con unas gafas redondas de montura pequeña, dientes blancos y perfectos. Con una perenne y distraída sonrisa que le daba un aire infantil, soñador, del sabio que siempre está en las nubes. Sin embargo, se movía rápido, con movimientos de persona nerviosa, muy activa.

Después de unos minutos de contemplar en silencio mis dibujos, dijo con sinceridad:

–Son muy buenos, un excelente trabajo. Conozco algunos de estos edificios y los has clavado, dibujas muy bien.

–Solamente sé copiar, no tiene ningún mérito. Lo que no consigo es crear, en el Verdadero sentido de la palabra.

–Hay muy pocos creadores, artistas geniales. Podrían contarse con los dedos de una mano. Los demás nos dedicamos, a copiar, a combinar y, encima, con la ayuda del ordenador. Si conseguimos dar a nuestros clientes un trabajo bien hecho, de acuerdo a sus gustos y necesidades, con una buena relación calidad-precio, podemos darnos por satisfechos. Y creo que tú estás bien preparada para ello, más que muchos arquitectos que llevan años ejerciendo.

–Gracias, eres muy amable. No esperaba tantos elogios… Ni que fueras tan claro, tan realista. Siempre consideré, que en nuestro trabajo lo más importante era crear.

–Yo también. Creo que todos pensamos en ello, lo ansiamos. Pero hay que ser realistas, trabajar duro y con ilusión. Quizás algún día, la inspiración, la bendita inspiración, llame a nuestra puerta. Mientras tanto, no podemos estar tumbados, aguardándola.

–En ese sentido pienso igual. Siempre me acuerdo de un lema atribuido a Picasso: "Cuando llegue la inspiración, que me encuentre trabajando".

–Exacto. Es lo que intentaba decirte. Nos entendemos muy bien. ¿Cuándo estás disponible para trabajar con nosotros?

–Mañana, ahora mismo, si quieres.

–El lunes –intervino Víctor–, que no había dicho palabra hasta entonces. Dadme tiempo para preparar el papeleo de ingreso.

–De acuerdo –contestó Benjamín– y me preguntó. ¿Te va bien a ti?

–De maravilla. Estoy muy contenta.

–Nosotros también. Nos vemos el lunes. ¡Ah!, el horario es de 9 a 2 y de 4 a 7, de lunes a viernes, naturalmente. Puede que alguna tarde tengas que quedarte un poco más. ¿Tienes algún problema con ello?

–Ninguno. Podéis contar conmigo, para las horas que hagan falta.

–Muy bien. Entonces hasta el lunes.

Salí contentísima de la entrevista. Había conseguido el tipo de trabajo que deseaba, además, con gente bien preparada. Benjamín era un buen profesional, se le notaba en seguida.

Habría pensado lo mismo, sin que me lo dijera Julia. Podía aprender mucho de él. Me llevaría cinco o seis años de ventaja, trabajando en el oficio. Quizá, no llegara nunca a su nivel. No importaba, lo importante era poder aprender y tener un sueldo.

Al llegar a casa, llamé a Paco para decirle que el lunes empezaba a trabajar y, para celebrarlo, le invitaba a cenar, que eligiera el mejor restaurante que conociera.

La cena fue estupenda. Hasta tomé una copa de cava, cosa que solamente hacía en la comida de Navidad. Nunca he bebido nada con alcohol, y una copa de cava casi me marea.

Después de cenar, Paco preguntó:

– ¿Cuánto te van a pagar?

–De momento, estaré un año o año y medio sin contrato fijo.

–Eso no es legal, te están engañando.

–No sé si es legal o no, sólo sé que en las profesiones liberales suele hacerse así. El trabajo me interesa mucho, nos interesa a los dos, ahora ya podremos casarnos.

– ¿Cuánto cobrarás como liberal?

–Será una cantidad variable, en función de lo que facture, con un mínimo garantizado de "…" pesetas al mes.

–Eso es una miseria. Te están estafando, créeme.

–No me están estafando. Me dan una oportunidad para aprender, muchos se agarrarían a ella sin cobrar nada.

–No lo entiendo, ¿Los arquitectos no son iguales que los ingenieros?

–Sí. Estamos en el mismo nivel profesional.

–Entonces, ¿por qué los ingenieros de mi empresa ganan tanto dinero y tú tan poco? Te están estafando.

–Ya te he dicho que eso es provisional. Dentro de un año entraré en plantilla con un sueldo base, como mínimo, igual al de un ingeniero.

–Bueno, no hay prisa. Yo contaba con mantenerte hasta que tuviera los cuarenta. A partir de entonces, tendrás que mantenerme tú…

– ¡Ojalá lo consiguiera! Sería la mujer más feliz del mundo.

–Procura conseguirlo. Es nuestro trato.

–Lo haré, cariño, pero tú debes ayudarme.

– ¿Ayudarte en qué?

–Siendo más comprensivo y paciente. Tenemos mucho tiempo para disfrutar de la vida.

–Tienes razón. Hay que vivir a tope. ¿Vamos a *mover el esqueleto*?

–Me apetece mucho.

Alquilamos un piso pequeño y antiguo: comedor, cocina, baño, una habitación de matrimonio, otra de pequeña y un cuarto trastero. Suficiente para nosotros. Paco y Anselmo lo pintaron y arreglaron un poco. Y yo lo amueblé, con muebles sencillos y funcionales. En la habitación pequeña, la destinada para invitados, puse un sofá-cama y la convertí en mi despacho: mesa para escribir, ordenador y unos estantes para libros. Tenía poco espacio, pero más del que disponía en la Pensión, y me sentía muy contenta y optimista con aquello.

Nos casamos cuatro meses después de conseguir aquel trabajo. La boda fue sencilla, solamente los padres y hermanos de los novios, catorce personas en total. Para mí fue como una boda real. ¡Era tan feliz y estaba tan ilusionada! Por desgracia, mi felicidad e ilusión duró apenas un año.

–La mía duró un poco más, querida amiga, casi cuatro años: dos años de novios y los dos primeros de matrimonio. Fueron los cuatro años más dichosos de mi vida… Conocí a mi mujer con motivo de unas obras que realizamos en la fábrica textil donde ella trabajaba. Era una muchacha estupenda, sencilla, limpia, trabajadora… Yo también trabajaba mucho, más horas que un reloj. La construcción estaba en pleno auge y se podían hacer tantas horas extras, como uno quisiera. Se ganaba mucho dinero, gané mucho dinero. Hubiéramos podido casarnos al mes de conocernos. Pero yo quería comprarme un piso, tener una vivienda de propiedad… Siempre he sido conservador y realista. Sabía que *el boom* de la construcción no podría durar mucho. Y si duraba años, tampoco habría podido aguantar una jornada de doce horas diarias, de lunes a sábado, y ocho los domingos: ¡Ochenta horas semanales! Ahora están reivindicando las treinta y cinco. ¡Cómo cambian los tiempos! ¿Era mejor entonces? Cuando tenías el trabajo que querías. ¿Es mejor ahora? Con menos de cuarenta horas semanales y paro. No lo sé… Para mí, entonces eran buenos tiempos…

Con lo que ya tenía ahorrado, y lo que gané en aquellos dos años, pude comprar un piso nuevo. Con tres habitaciones, comedor-salón, cocina, baño y aseo. Un piso que nos entusiasmó a los dos… También estuvimos de acuerdo, entonces siempre estábamos de acuerdo en todo, en que ella dejaría de trabajar al casarse. Se ocuparía de la casa, de administrar el dinero y del cuidado de los hijos, queríamos tener dos, como mínimo. Yo, como marido, tenía el deber de ganar lo suficiente, para mantener a la familia y dar estudios a los hijos. Era el esquema clásico, el que tenía como ejemplo en mis padres y otras familias. El único que consideraba bueno, natural… Por bueno que fuera, con nosotros no funcionó.

Ahora ya no creo en nada de todo eso… Dudo de que haya una relación de pareja que pueda funcionar. Conmigo seguro qué no. Bueno, tampoco puedo afirmarlo rotundamente... Ni tan siquiera lo he intentado de nuevo ¿Por miedo? Quizá, más bien por amargura... Mi fracaso matrimonial me dejó un sabor tan amargo, un sentimiento de culpabilidad tan hondo, que sólo de pensar en una relación sentimental con el otro sexo ya me irrita... Esa es la verdad. Eso creo... Aunque, en realidad, la culpa fue de ella... Lo fue y no lo fue... Fue de nuestro hijo... Las cosas empezaron a ir mal, cuando nació... Un poco antes, en el embarazo, durante el cual, mi mujer se volvió exigente y caprichosa. ¡Los antojos que aguanté! Sin enfadarme, sin rencor ni protestas... Creí que era normal, algo natural en las mujeres, durante estos meses tan importantes... Lo acepté gustoso, convencido de que todo cambiaría al nacer nuestro hijo. ¡Ojalá no lo hubiéramos concebido! ¡Ojalá haber decidido no tenerlo! ¡Qué bien nos habría ido, si ella o yo hubiéramos sido estériles! Las cosas habrían sucedido de otra manera, habríamos seguido siendo dichosos... Ahora continuaríamos viviendo juntos, en nuestra casa. Los dos solos y felices... Aquel pequeño déspota, llorón y egoísta, nos separó. En vez de fortalecer nuestro matrimonio, lo destruyó... Lo destruyó de forma lenta, metódica, progresiva, imparable... No fue culpa mía, intenté evitarlo… Quise quererle, deseé de todo corazón que él me quisiera… Juro ante mí, juro ante Dios que lo intenté… Fue en vano, él me odiaba. Siempre me odió, y jamás he sabido el porqué. La primera noche ya no me dejó dormir, lloraba rojo de coraje, hasta que su madre lo cogía en brazos y lo paseaba. Volvía a la cama y empezaba la misma canción: no había manera de dormir. La broma duró más de una semana, físicamente no podía aguantar más. Me dormía en el trabajo, estaba nervioso y medio *atontado*. Por poco tengo un accidente, me aplasto una mano. Sin embargo, no estaba resentido con el crío ni con su madre. Sabía que eso sucede en otros matrimonios, que hay bebés que tienen el *sueño cambiado*. Lo solucionamos durmiendo yo en otra habitación y, curiosamente, entonces dejó de llorar por las noches. Intentamos volver a dormir juntos y empezaron otra vez los *berridos*… Mi mujer dijo que era debido a que yo roncaba y mis ronquidos asustaban al niño. Consideré que tenía razón, y volví a dormir solo… Ya apenas hacíamos el amor. Había que esperar a que el niño estuviera durmiendo. ¡Y siempre estaba despierto! Cuando yo estaba fuera de casa, el niño dormía a pierna suelta, pero nada más entrar por la puerta ya se desvelaba y se pegaba a su madre… Siempre agarrado a ella o en su regazo.

No había manera de quitárselo de encima. Mientras estaba en brazos de su madre, me permitía hacerle alguna caricia, y hasta me sonreía. Pero si intentaba tomarlo en brazos se ponía a *berrear* histérico. Llegué a pensar que había algo en mí, que le inspiraba un miedo instintivo…

Pronto me di cuenta de que no era ese el caso: mostraba el mismo comportamiento con sus abuelos, tíos, familiares y amigos de casa. Nadie conseguía separarlo de su madre. Tenía dos años y estaba tan firmemente unido a ella, como cuando lo estaba mediante el cordón umbilical… Cuando empezó a hablar, las primeras palabras que me dirigió, fueron: "Papa malo". A mi mujer esto le hacía mucha gracia, y las repetía con el niño, divertida… Después empezó con: "malo vete, malo vete". Y su madre seguía encontrándolo la mar de gracioso…

Todo esto me molestaba profundamente, pero no hice nada para arreglarlo. Lo acepté todo cobardemente y fui alejándome, poco a poco, de ambos… Tenía suficiente con mi trabajo, era toda mi vida, mi refugio, mi válvula de escape… Quizá no fue exactamente así… Mantenía la secreta esperanza de que las cosas cambiarían, de que era cuestión de tiempo… Ayudaría a mi hijo a aprender a andar, después le enseñaría a montar en bicicleta, luego a jugar a fútbol. Como había hecho mi padre conmigo, y guardaba un grato recuerdo de ello. Con mi hijo no lo conseguí, mira que lo intenté, lo intenté con toda la paciencia del mundo, de todo corazón… También intenté que a los dos años fuera a una guardería. Consideraba que sería beneficioso para él, tener contacto, jugar con otros niños de su edad, empezar la difícil tarea de convivir en sociedad… Tampoco lo conseguí, no estuvo en la guardería ni una semana. Su madre dejó de llevarlo. Para ello me dio, muy nerviosa e irritada, toda una retahíla de tontas excusas: que le pegaban, que lloraba todo el día; que lo trataban mal, que cogería un montón de enfermedades…

Con el parvulario sucedió exactamente lo mismo, y yo acepté resignado esta anómala situación… Hasta que me di cuenta, escandalizado, que aquello no podía continuar, la situación había llegado al límite. El chico ya había cumplido los siete años, y todavía no había ido a la escuela: era un analfabeto. ¡Y seguía durmiendo con su madre! Por primera vez me enfrenté abiertamente con los dos.

Cabreado, amenazante, furioso, *les canté las cuarenta*. Les dije que a partir de ahora el niño dormiría solo, en su habitación, e iría a la escuela todos los días, las horas que hicieran falta hasta ponerse al día, hasta recuperar el tiempo que tan tontamente había perdido. Si no me obedecían, me marcharía al extranjero, desaparecería de sus vidas para siempre: tendrían que espabilarse solos… Con gran sorpresa por mi parte, la bronca surtió efecto. Aceptaron mis órdenes, sin rechistar… Tuvimos que buscar para el niño un colegio privado, especializado en niños retrasados en los estudios y conflictivos… Un colegio muy caro para nuestros ingresos. Pero lo acepté gustoso, pensando que ellos conseguirían educarlo. Hasta llegué a creer que lo habíamos logrado… Durante el tiempo que estuvo en aquel colegio, nuestra relación fue casi normal. Me llamaba papá y hasta se mostraba amable conmigo. Sobre todo a la hora de pedir dinero, siempre necesitaba dinero… No acababa de entender, cómo podía gastar tanto dinero un mocoso de siete años… Su madre le daba todo cuanto le pedía… Ella, antes tan ahorradora, tan buena administradora, parecía haberse trastocado: despilfarraba a manos llenas. Todo por complacer a aquel crío egoísta. Aquello, de seguir así, acabaría en poco tiempo con los ahorros que tanto esfuerzo nos había costado reunir… Intervine… Quizá no debí hacerlo… Al menos de la forma como lo hice, tan drástica… Lo correcto hubiera sido hablarlo con ella, explicárselo, razonar, dar la cara… Pero no lo hice ¿Fue por cobardía? ¿Por comodidad? ¿Para eludir el problema? No, no fue para eludir el problema. Sabía de sobras que mi actuación cabrearía a mi mujer… Lo hice a sabiendas, con rencor, con *mala uva*… Retiré el dinero que teníamos a nombre de los dos y abrí otra cuenta a mi nombre, en ella también ingresaba mi sueldo. Con esta operación, yo controlaba todo el dinero y los gastos… Era lo mejor para todos…

También me hice un seguro mixto, el cual cubría accidentes, invalidez, orfandad… Para no dejarlos desamparados, en el caso de que me sucediera algo… Es curioso, en aquel momento no llegué ni a pensar en la cantidad de dinero que cobraría a los sesenta y cinco años, si vivía. Veía esa edad como algo muy lejano e incierto. Y ya he cumplido los setenta: Sí, fue cierto, tal como esperaba, a mi mujer le sentó muy mal la jugada que le hice con el dinero. No me importó mucho, ya hacía tiempo que vivíamos como separados… Cuando el niño fue a dormir, a su habitación, volví a la cama de matrimonio, unos meses. Ahora era ella la que no me dejaba dormir. Se levantaba continuamente, para ver si el niño se había dormido, si estaba bien arropado, si había dejado la luz encendida... Y el resto de la noche lo pasaba hablándome de su maravilloso hijo, de sus grandes dotes, talento y hermosura. Era insoportable, era cien veces mejor dormir solo... Ya no la deseaba, ya no la amaba... La veía como una carga, que el Destino y la Sociedad me habían impuesto. Una carga que debería soportar, hasta que la muerte nos separase Sí, eso era, más o menos, como veía mi matrimonio. Con mi hijo, tampoco las cosas fueron como esperaba. A los dos años de estar en aquel colegio, lo expulsaron... Formaba parte de una pandilla, que extorsionaba, robaba y tenía atemorizados al resto de los niños de su curso. Había otra pandilla que hacía lo mismo en otro curso. Un día se enfrentaron las dos, con navajas. Hubo varios heridos, uno de grave. Todos los que participaron fueron detenidos, retenidos unas horas en una comisaria... Fue una gran vergüenza para mí, no acababa de creer que pudiera suceder algo así en mi familia...

Mi mujer defendía totalmente convencida a nuestro hijo. Que era inocente, porque no llevaba navaja, no tenía ninguna herida, ni un golpe, ni un rasguño… Él era listo, muy listo e inteligente, tiró la navaja al ver que no podía escaparse, es lo que dijeron otros chicos… Cuando lo llevamos a casa estaba hecho una furia, blasfemaba contra los profesores, los policías, los *chivatos*: Todos eran culpables, menos él… Y su madre apoyándole, dándole siempre la razón Yo estaba desconcertado, ¡cómo se habían complicado las cosas! No sabía qué hacer. Estaba convencido que ya no volvería a ningún otro colegio… Sin embargo volvió, por propia voluntad. Pidió ingresar en un colegio público, en donde fueron admitidos parte de los de su pandilla. Allí, la pandilla, ya no se dedicaba a extorsionar y robar, ahora traficaban. Consumían, y vendían a los demás niños, bebidas alcohólicas, tabaco, hachís,… que les suministraban otros chicos mayores. Estos chicos también les encargaban pequeños robos: piezas especiales de determinados modelos de coches, aparatos de radio, casetes, motocicletas,… Pronto cogieron afición y pericia en el robo de coches. No sólo robaban por encargo, para sacar algún dinero, robaban por placer, como diversión. Conducían el coche robado, hasta agotar la gasolina o quemar el motor, y luego lo abandonaban. Habían sufrido varias persecuciones por parte de la Guardia Urbana y la Policía y consiguieron escapar… En la última no tuvieron tanta suerte: estrellaron el coche contra una farola…

Dos de los cinco ocupantes sufrieron heridas de importancia, los otros tres consiguieron salir. A uno de ellos lo detuvieron a pocas manzanas del lugar del choque. No delató al *Laqui*, el jefe de la pandilla, que entonces tenía dieciséis años, ni a mi hijo. Ambos consiguieron escapar, sin cargos ni pruebas contra ellos. La pandilla quedó desarticulada, pero el *Laqui* y mi hijo siguieron campando a sus anchas. Robando coches, atracando estancos, tiendas, gasolineras… Formaban un buen tándem: el *Laqui*, muy fuerte, agresivo y violento, pero con pocas *luces*, y mi hijo, astuto, inteligente, sin escrúpulos: pensaba por los dos. Él organizaba y planificaba las fechorías… En un atraco a una tienda, el *Laqui* tenía encañonada a la cajera, con una escopeta recortada, mientras mi hijo vaciaba la caja … La cajera, en un ataque de pánico, intentó escapar y el *Laqui*, sin pensárselo, le soltó dos tiros a bocajarro, dos cartuchos calibre 12 con postas. La chica murió en el acto y mi hijo, alcanzado en la sien, horas después… Una muerte trágica, repentina, inesperada… Tenía el convencimiento de que mi hijo acabaría en la cárcel, incluso, que podría pasarse muchas temporadas en ella, años… Se drogaba, corría el riesgo de coger el SIDA, incluso de morir por una sobredosis, o una dosis en mal estado. Había pensado en estas posibilidades, pero jamás en la forma en que sucedió, ni que le sucediera tan joven. Tuvo un injusto castigo, un cruel y desproporcionado castigo… Este no ha sido tu caso, querida Soledad, afortunadamente, aquí nuestras vidas divergen… Has tenido un gran acierto al no tener hijos, puedes estar segura.

* * * * * * * * * *

III

EL SUMARIO

Durante los primeros meses de casada, aunque se me amontonaba el trabajo, fui muy feliz. Me levantaba a las seis de la mañana y cogía el autobús de las ocho y media, para llegar al trabajo a las nueve. En estas dos horas y media, me duchaba, vestía, desayunaba, hacía la cama y preparaba la comida del mediodía. A la hora de la comida lo tenía más apretado: llegaba a las dos y media y debía marcharme a las tres y media. En una hora tenía que calentar la comida, poner la mesa y comer.

Paco no me ayudaba para nada en las tareas domésticas. Tenía el turno de seis a dos y, tanto si llegaba antes como después que yo, lo único que hacía era prepararse un whisky y tomárselo tranquilamente, viendo la tele. Esperando que yo le avisara de que tenía la comida a punto. Un día, que iba un poco atrasada de tiempo, se me ocurrió decirle, amablemente, que si podía poner la mesa. Me contestó enfadado que no era trabajo suyo sino mío. Me callé, sintiéndome, culpable y avergonzada, pensando:

–Tiene razón. Muchos hombres, entre ellos mi padre y mis hermanos, no ayudaban para nada en los trabajos domésticos, los dejaban para la esposa y las hijas. Así era en mi casa, y lo encontraba natural. Pero mi madre no trabajaba, podía dedicarse plenamente a ello. Y yo también la ayudaba un poco. Había tres hombres en casa, y los hombres dan mucho trabajo: prepararles la comida, lavarles la ropa, planchar... Mi caso es diferente del de mi madre: Yo trabajo ocho o nueve horas fuera de casa, de lunes a viernes... Paco debería ser más comprensivo, ayudarme un poco, al menos intentarlo, me sentiría muy complacida... Pero considera que trabajo porque quiero...Vivimos con su sueldo. Lo que yo gano lo ahorro casi todo, para comprarnos un coche. Sé que lo está deseando y quiero darle esa sorpresa. Quizá sería mejor decírselo, quizá lo comprendiera y se mostrara más colaborador ... No, no voy a decirle nada del coche, dejaría de ser una sorpresa ... Además, si sabe lo que tengo ahorrado, querrá el coche en seguida. Seguro que decidirá dar ese dinero como entrada, y el resto irlo pagando a plazos, como hace mucha gente… A mi no me hace ninguna gracia endeudarme para comprar un coche, que no necesitamos, para un capricho. Esperaré a tener todo el dinero, o casi todo… No sé por qué me quejo, soy muy dichosa. Al casarme ya contaba con trabajar y llevar la casa, así se lo dije a Paco… Ahora no puedo echarme atrás, cambiar de opinión, pedirle que me ayude… Somos muy felices, no vamos a enfadarnos por tonterías…

En verdad, aquel hecho fue una tontería, algo sin importancia, que no enturbió en nada nuestra relación. Alegre y optimista, con gran voluntad y contento, hacía todo el trabajo de la casa y el de la Oficina, lo mejor que sabía.

El trabajo del despacho me gustaba mucho, me encantaba. Benjamín era un jefe estupendo. Exigía mucho de todos nosotros, pero predicaba con el ejemplo: era el que más trabajaba de todos. Quería las cosas bien hechas y que se cumplieran los plazos que daba. Por su parte, explicaba muy bien todo lo que te encargaba, lo seguía y te asesoraba continuamente. Nunca se enfadaba si un trabajo estaba mal hecho. Explicaba el porqué, y lo hacía repetir, ayudando y colaborando, como si el fallo hubiera sido suyo: un excelente profesor del cual se podía aprender mucho.

Con Víctor tampoco había problema alguno. Siempre elogiaba la rapidez y lo bien que realizaba sus encargos. Aunque muchas veces, sobre todo al principio, yo estaba totalmente convencida de que podía haberse hecho mucho más rápido. Sus elogios y excelente trato personal me animaban a hacerlo cada vez mejor y, poco a poco, lo conseguí. Perdí el miedo a las ventanillas y a los funcionarios y llegué a establecer, con la mayoría de los que trataba, una relación de camaradería, la cual simplificaba enormemente las cosas:

En el trabajo de la casa también conseguí organizarme: hacerlo todo, sin molestar a Paco para nada.

Él se levantaba a las cinco de la mañana, se arreglaba y se iba. No desayunaba en casa, sino en un bar cercano a su trabajo. Al mediodía llegaba a casa, más o menos, a la misma hora que yo. Después de comer se echaba una buena siesta y esperaba, viendo la televisión o escuchando música, a que llegara yo para preparar un poco de cena. Después de cenar, mientras yo lavaba los platos y arreglaba la cocina, él continuaba viendo la televisión hasta las doce o la una. Yo le hacía compañía hasta las once, como máximo, hora en que me iba a la cama.

El jueves era una excepción: Paco se iba a jugar a tenis, con Anselmo y otros amigos. Cenaba con ellos en algún bar y no volvía hasta muy tarde, al menos hasta las dos de la madrugada, y algo bebido. A mí no me hacía ninguna gracia. No era el hecho de llegar tan tarde, sino el que bebiera tanto. Entonces comencé a darme cuenta de que Paco bebía demasiado. Ya empezaba a notársele en el hablar, en sus gestos y en su facilidad para irritarse. Pero no dije nada, me conformé pensando que sólo salía una vez a la semana y eso no era demasiado malo. Yo aprovechaba, el no tener que hacer la cena, para lavar la ropa y planchar.

El sábado me levantaba a la misma hora, a las seis, y dedicaba la mañana para poner al día, o adelantar, trabajo del despacho, ya que Paco se levantaba cuando le avisaba que era la hora de comer. Por la tarde hacía la compra de toda la semana, y Paco me acompañaba y ayudaba a llevarla a casa. Por la noche solíamos cenar fuera y luego ir al cine, o una discoteca.

El domingo era el único día de la semana que no madrugaba, me levantaba a las diez o a las once. Todos los domingos comíamos fuera en algún restaurante económico, a veces con Anselmo y su mujer Cecilia. Ella era muy guapa, alta, rubia con un cuerpo estupendo. No demasiado culta ni inteligente, pero simpática, alegre, desenvuelta, atrevida. Llegamos a establecer una buena amistad. Después de comer, solíamos ir al cine o a pasear hasta las ocho o las nueve. Luego íbamos a casa, de Anselmo, o ellos venían a la nuestra, cenábamos y jugábamos al dominó hasta la una o las dos. Era una vida sencilla, normal, la cual me llenaba plenamente. No deseaba nada más, no necesitaba nada más: era feliz así.

La primera bofetada que me dio Paco, lo recordaré toda la vida. Fue en público, sentados en la mesa de un bar. Habíamos salido a pasear y él decidió tomar un aperitivo. Yo me tomé una Tónica y él un whisky. Después de este tomó otro y pidió un tercero. Le dije que no bebiera más, que últimamente bebía mucho y eso podía ser malo para su salud. Sin decir palabra, me soltó una bofetada que me dejó medió atontada, con la mejilla roja como un tomate. Tan perpleja que no supe que decir. Ni siquiera lloré ni protesté, cuando a continuación, gritando como un loco, lleno de ira, me dijo:

– ¡Bebo lo que quiero y hago lo que me da la gana! ¡Tú no eres nadie para decirme lo qué debo hacer! ¿Lo has entendido? La próxima vez que se te ocurra volver a hacerlo, en público o en privado, te voy a dejar sin dientes de un puñetazo. ¿Ha quedado claro?

No pude contestar nada. La cara me ardía de la bofetada y la vergüenza que sentía. Me levanté, y corriendo, fui a buscar un taxi para que me llevara a casa. Cuando llegué me tendí en la cama y me puse a llorar desconsoladamente.

Me costaba mucho trabajo creer lo sucedido, el que Paco hubiera reaccionado da forma tan violenta e irracional. Yo solamente le había dicho que no bebiera tanto. Lo dije con toda buena fe, para su bien. Amablemente y en voz baja, sin la menor intención de regañarle ni ofenderle. ¿Cómo pudo responder así? Era el efecto de la bebida, no cabía la menor duda. Cada vez bebía más. ¿Por qué bebía? Quizá fuera por culpa mía, puede que yo no fuera capaz de hacerle feliz. ¿Qué más podía hacer? Me esforzaba gustosa en complacerle en todo cuanto me pedía. Tenía la comida siempre a punto, su ropa pulcra y bien planchada ¿qué más podía hacer? Quizá el motivo fuera el sexo, parecía que él ya no me deseaba como antes. Sin embargo, yo nunca me había negado a complacerle, jamás le puse ninguna excusa. Lo aceptaba siempre de buen grado, aunque estuviera cansada y no me apeteciera en aquel momento, incluso cuando tenía la regla, ¿qué más podía hacer?

Por mucho que pensaba, por muchas vueltas que daba a mi ardiente cabeza, no podía entender su reacción. Al final, cansada de llorar y de pensar, me levanté de la cama y fui al lavabo a refrescarme la cara. Luego me encerré en la habitación, que usaba como despacho, y me puse a terminar un trabajo que estaba haciendo en la Oficina.

Llegó la hora de preparar la cena y Paco aún no había llegado. Hasta aquel momento, estaba convencida de que vendría a casa para disculparse. Ahora empezaba a dudar, incluso de que viniera a cenar. Yo no tenía ningunas ganas de preparar la cena, y menos todavía de comer nada. Pensé que si no venía tendría que tirar la cena. ¿Y si viene y no la tengo preparada? Tendrá un motivo para sentirse enfadado y evitar disculparse, seguro. Bueno, si viene, le diré que pensaba invitarle a cenar en su bar preferido. Eso servirá para suavizar tensiones, para facilitar la reconciliación, que yo ya estaba deseando.

Así pasaron las horas muy preocupada, intentando alejar mis preocupaciones con mi trabajo. Sobre las dos de la madrugada llegó Paco y se fue directamente a la cama. Sin una palabra, sin llamarme ni buscarme.

Al cabo de un rato fui a verle: dormía plácidamente. Aquello me indignó de tal modo, que decidí dormir en el sofá-cama-de mi despacho. No soportaba la idea de meterme en nuestra cama, que se despertara y quisiera hacer el amor, como si nada hubiera sucedido.

No pude dormir en toda la noche y fui a trabajar cansada, confusa, y con unas enormes ojeras. Cuando llegué a casa, al mediodía, Paco ya estaba viendo la tele y tomando un aperitivo. Lo saludé con un seco

¡hola! y me fui a preparar la comida. Él se comportó como si nada hubiera sucedido, como si lo hubiese olvidado del todo. Y así siguió comportándose en los siguientes días. Hasta yo fingí haberlo olvidado, y nuestra relación volvió a ser normal, durante unas semanas.

Un sábado, después de comer, mientras me maquillaba para salir de compras, Paco me llamó desde nuestra habitación, muy enfadado. Fui corriendo a ver qué le pasaba, y al llegar me dijo furioso, mostrándome una de sus camisas.

– ¡Esta camisa está arrugada! ¡No sirves para nada!

Yo estaba atónita. Asustada por la cólera que se reflejaba en su rostro, le contesté casi llorando.

–Lo siento, no me he dado cuenta. Procuro hacerlo lo mejor que sé…. Ponte otra, ya la volveré a planchar.

Cogió la camisa que me había mostrado, la cual estaba perfectamente planchada, la arrugó con violencia y la tiró al suelo. Seguidamente fue al armario, cogió todas las camisas que tenía y, sin mirarlas siquiera, las fue arrugando y tirando al suelo, una a una. Cuando terminó me dijo amenazador.

– ¡Cógelas y plánchalas de nuevo!

Yo, sumisa y asustada, me agaché para recoger las camisas. Y él me pegó una patada en el culo, que me tiró de bruces contra el suelo. Al tiempo que gritaba:

– ¡Plánchalas bien, o aprenderás a patadas!

Y se marchó dando un portazo. Mientras yo permanecía tirada en el suelo, sangrando por la nariz, y con un fuerte corte en los labios. Estaba indignada, asustada y rabiosa. Me dolía el trasero, un costado y toda la cara. Pero los más dolidos eran mis sentimientos. Y mientras iba al lavabo, estuve pensando:

–Es un animal, un déspota, un sádico que disfruta haciendo daño. ¿Por qué? ¿Qué motivos le he dado para tratarme así?

Ninguno. Todas las camisas estaban bien planchadas, al menos igual que siempre…Ha sido una excusa, no un motivo. Ya he notado que se levantaba de mal humor, cada vez está de peor humor… Hoy no ha sido por culpa de la bebida. Ayer noche se acostó tarde, debió beber dos o tres whiskys, antes de ir a dormir… Cuando se ha levantado parecía sereno. Su mal humor, su mala uva, eran debidos a otro motivo. ¡Qué sé yo! Sólo sé que lo ha pagado conmigo, sin culpa ni razón ¿Por qué me humilla y maltrata de ese modo? En el fondo es un cobarde, un fanfarrón, con un profundo complejo de inferioridad… Que sólo se siente fuerte y poderoso maltratando, avasallando, a los más débiles. Es un ser odioso, ¡ojalá no lo hubiera conocido! Desde su primera bofetada se han sucedido otras, muy a menudo…Demasiado a menudo, ya parece una costumbre. Y yo aguantando. ¿Por qué aguanto esta situación? No puedo contradecirle en nada, ni tan siquiera expresar una opinión… A la más mínima me suelta un par de bofetadas, ahora ya las reparte a pares…No tan fuertes como la primera, al menos me lo parece. ¿Quizá me esté acostumbrando? ¡Dios mío! ¿Hasta dónde he llegado?

Pasé un sábado terrible. Me dolía el costado al respirar, pensé que me había roto una costilla. Tenía los labios tan hinchados, que apenas podía beber.

Y lo más doloroso fueron las horas que pasé dando vueltas en mi cabeza, buscando motivos. Todavía le amaba y, aunque ahora me parece una solemne estupidez, ¡acabé sintiéndome culpable!

Con su táctica, premeditada o no, siempre terminaba haciéndome dudar de mí misma. Su táctica era muy simple: después de maltratarme se marchaba de casa dando gritos y pegando portazos, volvía de madrugada, se acostaba sin hablarme ni mirarme, como si yo no existiera, y a la mañana siguiente actuaba como si nada hubiera sucedido, como si él ya me hubiera perdonado.

Aquel sábado llegó a casa a las cinco de la madrugada y se fue directamente a la cama. A los pocos minutos ya roncaba a pleno pulmón. Por lo cual, sospeché que había bebido bastante.

Yo, incapaz de dormir, permanecí toda la noche encerrada en mi despacho dibujando, con el fin de distraer mis amargos pensamientos y calmar mi corazón, a punto de estallar.

El domingo, sin haber dormido nada, a las ocho de la mañana me puse a planchar todas sus camisas. Cuando terminé las coloqué en el armario, silenciosamente, por miedo a despertarle o molestarle, llorosa y con una angustia como jamás había sentido.

Paco se levantó a las dos y media. Se duchó y arregló, sin decir palabra. Cuando salió de la habitación, yo le estaba aguardando en el comedor, también lista para salir. Me dio alegre los buenos días y preguntó:

– ¿Tienes mucho apetito?

–No mucho.

Aún tenía los labios hinchados y se me notaba al hablar, él los miró y, sin hacer comentario alguno, prosiguió:

–Yo tampoco. Iremos de *tapas*. Quiero estar aquí a las cinco, para ver el partido. Así tú podrás aprovechar para preparar la cena. Recuerda que hoy les toca a Anselmo y Cecilia cenar aquí. –¿Te acordabas?

–Sí. Ya lo tengo casi todo a punto.

–Perfecto, en marcha.

El resto del domingo transcurrió normalmente, como antes. Aunque yo ya no sentía lo mismo de antes. Estaba preocupada, angustiada, y tuve que hacer grandes esfuerzos para que no se notara. Solamente Cecilia notó que me sucedía algo más que la *caída en la ducha* y los labios hinchados. Le dije que al caer, también me había golpeado el costado y me dolía al hablar, o al hacer el menor esfuerzo. Esta explicación la convenció del todo, ya que dijo, sinceramente:

–Después de cenar deberías acostarte. Ya jugaremos al dominó la semana que viene.

–Me sabe muy mal estropearos la noche. A los hombres no les hará ninguna gracia.

–No te preocupes, yo me ocuparé de ellos.

Apenas cené, sólo tenía ganas de acostarme, de dormir, de morirme. Sin embargo, hubiera aguantado como una tonta, haciendo mi triste papel, si Cecilia no me echa un cabo. Se fue hacia su marido y le susurró algo al oído. Por la forma cómo él la miró y sonrió, debió decirle que tenía ganas de hacer el amor, o algo por el estilo. Ya que Anselmo, poniendo la mano en el culo de su mujer, dijo:

–La cena ha sido estupenda. Pero ahora tenemos que marcharnos. Cecilia acaba de recordarme que tenemos un asunto *urgente*.

Paco, pensando, más o menos, lo mismo que había pensado yo, contestó burlón:

–Bueno, lo primero es lo primero. La naturaleza no puede esperar. Os acompaño hasta el coche.

Y salieron los tres juntos.

Yo recogí la mesa, fregué los platos y me acosté. Paco regresó casi a las cinco de la madrugada, al tiempo justo para ducharse y marchar a trabajar. Al principio, no acababa de entender cómo podía ir a trabajar sin dormir nada, o muy poco, y habiendo bebido mucho. Temía que tuviera un accidente o cometiera un error grave y lo despidieran. No me atreví a decírselo, por miedo a que se enfadara. Pero sí que se lo comenté a Cecilia, unas semanas atrás, la cual, burlona, me explicó:

–Esos dos de trabajar nada. Solamente están para vigilar, para el caso de se dispare un automático volverlo a rearmar, o hacer un cambio de conexión… Veinte minutos, como máximo, de trabajo a la semana. ¡Se lo tienen muy bien montado!

–Tendrán otros trabajos: reparaciones, mantenimiento, limpieza…

–Nada de nada. Para esos trabajos hay otros equipos especializados. Ellos dos están solamente para hacer lo que te he explicado. El resto del tiempo lo pasan charlando, fumando o leyendo. Y si uno de los dos está muy cansado, puede pasar la jornada durmiendo. Tienen una habitación, y un colchón escondido, para estos casos. Incluso han llevado mujeres allí.

– ¿Cómo sabes todo eso?

–Por Anselmo. Él no aguanta la bebida tanto como Paco. Y cuando lleva un par de copas de más, charla por los codos.

– ¿Y no te importa que se acueste con otras mujeres?

– ¡Claro que me importa! Pero eso era antes, cuando estaban solteros, es lo que dijo Anselmo. Yo se lo dejé muy claro: si me entero de que se ha acostado con otra mujer, o le echan del trabajo, por haber llevado una allí, ¡le pongo de patitas en la calle! Y sabe que no bromeo.

–Y Paco, si se le presentara la ocasión, ¿no crees que volvería a hacerlo?

–En el trabajo no. Puedes estar segura. Anselmo no le apoyaría en esto: él también se jugaría su puesto de trabajo.

–Conoces muy bien a tu marido, y veo que lo dominas bastante.

–Del todo. Es como un perrito que sólo sabe obedecer. Por eso se lleva tan bien con tu marido: Paco le manda siempre. ¿No lo has notado?

–Sí. Pero considero que es normal: en toda relación siempre hay uno que se impone sobre el otro.

–Puede que tengas razón. En mi caso lo tengo muy claro: soy yo la que domina. Además, gano más dinero que él. Puedo independizarme cuando quiera, lo tiene muy claro. Si tuviéramos hijos, quizá la cosa fuera diferente.

¿Por qué no tenéis hijos? Con vuestros sueldos podéis mantener perfectamente a uno o a dos.

–No podemos tenerlos.

–Lo siento, no lo sabía.

–No lo sientas, ya me he resignado a ello. Estoy muy bien así…

Lo que Cecilia me contó sobre el trabajo de Paco, me indignó. O sea: él no daba golpe, se pegaba la gran vida, mientras yo trabajaba como una mula y, como recompensa, sólo recibía palos. Esto no puede seguir así –pensé– o le hago cambiar o tendré que separarme de él.

Intenté cambiarle, razonar con él. Lo intenté muchas veces, con esperanza, con calma, con todo el cariño, amablemente. ¡Nada! Sólo conseguí unas cuantas bofetadas. Y cuando, en un momento en que parecía tranquilo, le dije muy seria:

–Mira, Paco. No podemos continuar así. Creo que sería mejor separarnos, al menos por un tiempo…

Me cogió por el cuello y, con el rostro contraído por la ira, contestó:

– ¡Nos separaremos cuando yo lo diga! ¡No cuando a ti te convenga! Y si haces el menor intento de separación, ¡te mataré! ¿Lo has entendido, estúpida? ¡Juro que te ma-ta-ré!

Y mientras me gritaba, me iba apretando el cuello. Yo intentaba, en vano, desasirme de la mano que me ahogaba, pero no pude. Llegué a verlo todo negro y me desvanecí. Entonces él me soltó, tirándome de culo al suelo. Y se marchó dando un portazo, mientras yo permanecía en el suelo tosiendo, medio ahogada.

Cuando me vi capaz de levantarme del suelo, fui al lavabo. Tenía el cuello enrojecido y algo hinchado. Por un momento pensé en ir a un Hospital y luego denunciarlo a la Policía. Pero también pensé que con ello no conseguiría la separación y, menos todavía, protección personal. Por muy bien que me fueran las cosas, tendríamos que convivir juntos una buena temporada. Y él, furioso, acabaría por matarme. Aunque sólo fuera por machismo: sólo porque lo había jurado.

Desde aquel momento, Paco consiguió tenerme asustada de verdad. Temiendo siempre por mi integridad física o por mi vida. Estaba desesperada, me sentía totalmente indefensa, vulnerable y no sabía qué hacer, cómo solucionar aquel terrible problema. Pensé en dejarlo todo y volver al pueblo, contárselo todo a mi familia.

Los hombres de mi pueblo son nobles y valerosos: desprecian profundamente a los cobardes que pegan a las mujeres. Y temía la reacción de Clemente, más alto y fuerte que mi padre y de genio más vivo. No estaba segura de que, entre mi madre y yo, pudiéramos evitar que Clemente fuera a buscar a Paco y le diera una soberana paliza, que se metiera en líos por mi culpa.

También pesaba mucho mi trabajo: me apasionaba. Después de mi familia, era lo más importante de mi vida. Cometí el error de casarme con una bestia, que había destruido mi vida matrimonial y mi felicidad. ¡Era injusto el que también destruyera mi profesión y mi futuro! Sin embargo, fui aguantando a Paco. Viéndole lo menos posible, hablándole muy poco y amablemente, siempre con el temor de enfurecerlo.

Paco ya no solamente salía los jueves a jugar a tenis y cenar fuera, ahora salía a diario. Después de comer se echaba una siesta de tres horas y se marchaba, sin decir palabra. Solía regresar sobre las dos o las tres de la madrugada, generalmente, bastante bebido.

Yo dormía, y pasaba la mayor parte del tiempo, en la habitación que usaba como despacho. Nuestra relación sexual había dejado de existir. Solamente, para humillarme, para hacerme sentir más esclava suya, me sodomizaba en la cocina. Lo hacía de vez en cuando, después de comer, mientras yo arreglaba la cocina. Sin decir palabra, sin un beso, sin la más mínima caricia, me obligaba a agacharme con la cintura contra el canto del mármol de la cocina, y los antebrazos apoyados en el mismo. En esta posición, me bajaba las bragas, me agarraba con una mano por la nuca, metiéndome de cabeza dentro del fregadero, me clavaba el codo en la espalda para inmovilizarme y, con la otra mano, untaba mi ano con saliva, separaba los glúteos y, el muy cerdo, me la metía tan adentro como podía. Era tan humillante y vergonzoso, como una violación. Y tenía que soportarlo, por miedo a que me diera una paliza, si le ponía el menor impedimento.

Un día, que estaba fregando los platos, con el fregadero lleno de agua sucia y jabonosa, enfrascada en la tarea no le oí venir y me inmovilizó tan rápida y silenciosamente, que al enterarme ya me encontraba con la cabeza metida dentro del agua, medio ahogándome, con la boca y la nariz llenas de espuma de jabón. Traté desesperadamente de soltarme, sacar la cabeza de allí. Pero no pude. Mi posición era muy desfavorable. Su mano agarrándome la nuca y el codo clavado en mi columna vertebral: me inmovilizaban totalmente. Sólo podía mover un poco los brazos, sin conseguir llegar a agarrarle a él por los costados.

Cuando terminó, me enderece llorosa, con la cara llena de espuma de jabón y, sin pensar en que pudiera darme un puñetazo, le grité histérica:

– ¡Animal, por poco me ahogas!

Y él riendo, burlándose de mí, contestó:

–He notado que te ha gustado mucho. Te movías como una verdadera profesional. Ha sido una experiencia nueva, interesante. Volveremos a repetirla…

El pánico, de pensar que podía volver a suceder, me hizo salir corriendo para encerrarme en el lavabo. Me había olvidado de subirme las bragas, me enredé las piernas con ellas y, dando un traspié, fui a golpearme de cabeza contra la pared de la cocina. Medio atontada conseguí llegar hasta el lavabo. Mientras Paco se reía a carcajadas, como si aquello fuera lo más divertido del mundo, y se marchó riendo como un loco.

Me senté encima de la tapadera del retrete, llorando sin consuelo. Estaba medio aturdida, la cabeza me dolía, como si fuera a estallar, y un chichón empezaba a nacer en mi frente. Sentía unas enormes ganas de dormir, de descansar para siempre. Recordé que aconsejaban no dormirse, cuando te has golpeado la cabeza. Este pensamiento me obligó a levantarme y llegar hasta el lavabo, para refrescar mi ardiente cabeza.

Cuando me miré al espejo tenía un aspecto horrible: un chichón, del tamaño de medio huevo, en medio de la frente, la parte baja de ésta y las cejas hinchadas, con lo cual los ojos parecían haberse hundido y empequeñecido. La cara llena de lágrimas y jabón, el pelo sucio y pegajoso... Me duché para quitarme toda aquella porquería, tomé una aspirina y llamé a la Oficina para decirles que me había caído en la cocina, golpeado en la frente, y me dolía mucho la cabeza.

Luego me puse el pijama, una bata encima, y me senté en el sofá del comedor, con la esperanza de distraer mi ardiente cabeza con algún programa de televisión. A los cinco minutos ya la apagué, era insoportable. Fui a la cocina, vi que estaba hecha un asco y pensé en limpiarla, pero no me sentí con ánimos. Cogí unos cuantos cubitos de hielo de la nevera y me los aplique en mi dolida frente, aguantándolos con una toalla enrollada alrededor de la cabeza. Tomé otra aspirina y volví a sentarme en el sofá del comedor. Allí, estuve dando vueltas en mi ardiente cabeza, buscando una solución a mis problemas con Paco, hasta las diez de la noche, hora en que me metí en la cama.

No pude dormir hasta haber conseguido hilvanar los caóticos pensamientos de aquellas largas horas, los cuales te puedo resumir, más o menos, así:

–Paco eres un sádico. Solamente disfrutas humillándome, haciéndome daño… Sabías del miedo, del terror que tengo de ahogarme. Hoy has podido comprobarlo y te ha gustado, lo he visto en tu cara burlona, divertida. Seguro que querrás repetirlo… Bien, ¡inténtalo! Te prepararé una buena sorpresa. Tu esclava ya está harta: ha decidido rebelarse… Tú eres una hiena feroz y carnicera, ¡ten mucho cuidado! La tímida Soledad se va a convertir en una pequeña víbora: astuta, silenciosa, ¡mortal! No me has dejado otra alternativa… No quieres la separación. Has jurado que me matarías si yo lo intentaba. Sé que eres capaz de hacerlo, aunque sólo sea para sentirte más macho. Ya estoy harta. Y no me da la gana de dejar mi trabajo e irme a esconder en el pueblo, como una coneja asustada. Entre tú y yo ya sólo nos quedan dos opciones: o me matas o te mato, en defensa propia… De ti depende. Yo ya he tomado mi decisión y elaborado mi plan…

Mi plan de defensa-ataque, muy simple y fácil en mi mente, no lo fue, ni mucho menos, cuando quise probarlo a la mañana siguiente, por la tarde.

Para ello, cambié de sitio el juego de cuchillos de la cocina y los puse de manera que el más largo y afilado, el de cortar jamón, quedara al alcance de mi mano, estando yo en la posición en que él me sodomizaba. Así colocada, coger el cuchillo firmemente, en un solo intento, ya fue mucho más difícil de lo que imaginé. Después puse una escalera de mano detrás de mí, con un cojín viejo atado a ella, como si fuera Paco.

En aquella posición, no podía ver ni la escalera ni nada situado detrás de mí. Debía intentar, instintivamente, clavar el cuchillo en el cojín. Me di perfecta cuenta de que, en aquellas circunstancias, tenía el noventa por ciento de posibilidades de clavármelo a mí misma, y sustituí el cuchillo por una escurridera plana de aluminio. Practiqué con ella durante varios días y los resultados fueron descorazonadores, estuve a punto de desistir. Pero mi rabia, mi desesperación y mi odio me impulsaron a continuar.

Tuve la feliz ocurrencia de colocar un pequeño espejo encima del mármol de la cocina. Con ello, guiñando un ojo, podía ver mi espalda. Pensé que aquel espejo desentonaba mucho allí, hasta un despistado como Paco podría darse cuenta y hacer embarazosas preguntas. Sustituí el espejo por una bandeja de acero inoxidable, nueva y bien pulida. Pacientemente, fui probando la posición idónea de la bandeja. Y cuando la encontré, la colgué en la pared con un gancho. De esta forma podía ver mi espalda, no tan nítidamente como con el espejo, pero con más campo de visión. También comprobé, que apoyando firmemente las rodillas contra la puerta del armario de debajo del fregadero, podía, mediante un brusco giro de nalgas y caderas, aumentar la fuerza del golpe del brazo.

A las tres semanas, después de haber despanzurrado dos cojines viejos, ya era capaz de acertar, con fuerza y precisión, en un cuadrado de papel de veinte centímetros, que usaba como blanco, pegado al canto de la escalera. Este entrenamiento y los buenos resultados, que paulatinamente obtenía, tuvieron el beneficioso efecto de darme confianza en mí misma. Ya no estaba tan asustada y me sentía capaz de matarlo, si era necesario.

A partir de aquellas fechas, él *lo hizo* cuatro veces más, pero sin agua en el fregadero. Yo ya procuraba no fregar nunca los platos, estando él en casa. En estas cuatro veces, yo me mantuve relajada, atenta, segura de que podría clavarle el cuchillo en su espalda, sin que se diera cuenta. Esta seguridad, esta relajación, hacían que él terminara, sin yo apenas enterarme. No podía matarle solamente por eso. No hubiera sido defensa propia, sino un asesinato...

–Sé lo que quieres decir, querida amiga. Te comprendo perfectamente... Aunque, en tu caso, había tantos antecedentes a tu favor, tantos poderosos atenuantes, que la línea entre *ejecución legal* y asesinato se me hace tan fina, tan difusa, que me siento incapaz de ver la diferencia. Yo nunca he sufrido malos tratos físicos ni vejaciones, como las que tú has sido sometida. Mi conciencia se subleva y mi mente se indigna, sólo de pensar en ello. Sin tener en cuenta la tortura mental que has sufrido, y ésta puede ser tanto o más dolorosa que la tortura física. En esto sí que tengo una larga y amarga experiencia...

Después de la muerte de nuestro hijo, mi mujer sufrió una profunda depresión. Se pasaba el día en la cama, medio adormilada. Solamente me hablaba para decirme que estaba muy enferma, que hiciera algo para que la curasen.

Fue sometida a un tratamiento psicológico y atiborrada de antidepresivos, con escasos resultados. A mí me aconsejaron que la tratase con cariño, con ternura, y que tuviera mucha paciencia: ¡Dios sabe que la tuve!

Ella siguió metida en la cama, ni tan siquiera se lavaba. Y me costaba lo mío conseguir bañarla, al menos una vez a la semana. Apenas comía. Volvieron los tiempos de los antojos. De preguntarle qué comida quería, comprarla, prepararla y luego comérmela yo, o tirarla, porque ya no le apetecía. Y lo peor de todo, lo que más me dolía, era el hecho de que ninguno de mis esfuerzos fueran compensados con un gesto, con una palabra amable. Nada de nada. Al contrario, sólo recibía velados reproches e insinuaciones de que yo era el causante de sus males y enfermedades!

Estaba desesperado, aburrido, amargado, ya no sabía qué hacer para conseguir que comiera, se levantara de la cama, se arreglara y saliéramos a dar un paseo. No lo conseguí.

Observé, que lo único que comía a gusto, sin refunfuñar ni rechazar, eran las galletas, donuts y croissants, que le traía para desayunar, así como las tartas y pasteles que le compraba para los postres. Creí que esto era lo que *el cuerpo le pedía*, lo que necesitaba para su recuperación.

Debo admitir que también fue mucho más cómodo para mí: me limité a tener la despensa bien surtida de *bollería* y la nevera de tartas, helados y repostería. Así, mientras yo estaba trabajando, ella se levantaba, tomaba lo que le apetecía y volvía a la cama. Yo comía en un bar y me ahorraba el fastidioso problema de hacer la comida. También contraté a una mujer para que viniera, tres veces a la semana, a limpiar el piso, lavar y planchar la ropa. Eso me permitió volver a vivir, relativamente, tranquilo.

Ahora, mi mujer comía con verdadera glotonería: solamente pasteles, bollería y repostería. Se enfadaba y me recriminaba ásperamente, si alguna vez me olvidaba de comprarle alguna de sus tartas favoritas. Cada vez comía más. No sólo recuperó los diez kilos que había perdido después de la muerte de nuestro hijo, sino que engordó casi veinte más. Durante los dos años que duró aquella situación, ella se convirtió en una mole de grasa.

Aquel exceso de peso, junto con la inadecuada dieta y la total falta de ejercicio, le causaron una hemorragia cerebral.

Las secuelas físicas de la hemorragia fueron una parálisis facial, del lado derecho, y una pequeña cojera. Las secuelas psíquicas fueron mucho más graves. Un odio, creciente y paulatino, fue anidando en ella hacia mí: me consideraba el total y único responsable de la muerte de su hijo. Me lo echaba en cara, me lo repetía continuamente con ira, con rencor. Sin que yo pudiera disuadirla de su error.

Físicamente había adelgazado, vuelto a su peso normal. Dormía bien doce horas diarias, quizá debido a los medicamentos que tomaba. Se aseaba, hacía su comida y arreglaba la casa. Yo seguí comiendo fuera. Ahora, ella me daba una lista de lo qué necesitaba, y yo me limitaba a comprarlo y traerlo. Se negaba en redondo a salir de casa y, cada vez que se lo pedía, contestaba furiosa:

– ¿Cómo te atreves a pedirme que salga con esta cara? ¿Quieres exhibirme como si fuera un número de circo?

Me sugirieron, que a base de un tratamiento y algo de cirugía plástica, podría mejorarse su aspecto. Se lo propuse, pero se negó en redondo a someterse a ningún tipo de tratamiento. Había cogido una especie de fobia, de rabia, a los médicos y hospitales.

Su irritabilidad, su furia, iban aumentando poco a poco. Nada más entrar yo en casa, ya me estaba chillando, insultando, amenazando. Recriminándome por las cosas más absurdas e inverosímiles, que su mente enferma había ido elaborando.

Yo no le hacía el menor caso, la miraba perplejo y, sin decir palabra, me iba a mi habitación a escuchar música. Era mí único consuelo, lo único agradable que me quedaba.

Un día, hallé revuelta mi habitación. Le pregunté, un poco molesto, qué buscaba, qué quería de allí. Me espetó con rencor:

– ¡La escopeta con la cual mataste a mi hijo! ¡Sé que la tienes! ¡La encontraré y te mataré a ti!

Aquello me dejó atónito y empezó a preocuparme seriamente: Estaba viviendo con una loca, la cual podía llegar a ser peligrosa, a ser capaz de cumplir sus amenazas de mutilarme, o matarme, que cada vez profería más a menudo.

Para remate, otro día, en que parecía estar más calmada, intenté amablemente cogerla por los hombros. Mi intención era que se sentara y pudiéramos hablar en paz, aunque sólo fuera por una vez. Interpretó mi gesto como un intento de agresión. Salió corriendo hacia la cocina. Cogió un largo cuchillo con las dos manos. Se acurrucó en un rincón y, mirándome con furia, dijo:

– ¡Asesino! ¡Tú mataste a mi hijo! ¡Si te acercas, te mataré!

El odio, la firme determinación que se reflejaban en su desfigurado rostro, me asustaron. Entonces, por primera vez, tuve miedo a mi mujer. Comprendí, claramente, que era muy capaz de cumplir con sus amenazas.

Puse una cerradura de seguridad en mi habitación y, a partir de aquel momento, dormí como si estuviera encerrado en la celda de una cárcel. Todo y así, no estaba tranquilo. Cuando tenía pesadillas, en todas ellas mi mujer acababa asesinándome. A veces con un tiro de escopeta, a veces apuñalándome. Otras veces, la soñaba convertida en un gigantesco felino, con cuchillos en vez de colmillos, que me cortaban la garganta. Estaba preocupado y asustado de verdad.

Intenté ingresarla, recluirla en un Centro especializado en Enfermedades Mentales, pero no lo conseguí. Lo único que pude conseguir fue el que cambiaran su tratamiento con tranquilizantes, por otros más potentes. No me quedaba más remedio que buscar otra solución.

La solución vino meses después, con la muerte de ella. La cual significó mi total liberación. Al fin, volvían la paz y la tranquilidad, después de aquel largo calvario…

Con Paco pasé otro par de meses relativamente tranquilos, casi sin gritos ni bofetadas. Mi amor por él se había convertido en miedo, angustia y confusión. Lo disimulaba procurando mostrarme amable, sin contradecirle en nada. Evitando, en todo lo posible, hablarle o estar juntos. Mi refugio era el trabajo y el dibujo. Ellos contribuían a alejar de mi mente los problemas conyugales, y me relajaban y absorbían plenamente.

Un día, a la hora de la comida, cuando había servido a Paco un plato de macarrones y yo me disponía a sentarme a la mesa, él me gritó furioso:

– ¡Estos macarrones están fríos! ¡Puedes metértelos por el culo!

–Perdona, no me he dado cuenta. En seguida te los vuelvo a calentar –e hice ademán de coger su plato–

No me dejó cogerlo. Lo agarró con las dos manos, se levantó violentamente y lo aplastó en mi cara. Y yo enfurecida, sangrando por la nariz, quitándome la salsa y los macarrones del rostro, le grite rabiosa:

– ¡Eres una bestia, un animal, no tienes derecho a…!

No pude terminar la frase. Me soltó tal puñetazo que me tumbó de espaldas al suelo, medio inconsciente. Y se marchó, gritando insultos contra mí.

Me dolía la mandíbula, como si estuviese partida, me zumbaban los oídos y mi cabeza parecía una caldera a punto de explotar. Intenté levantarme y todo, daba vueltas, como si estuviera borracha. Tuve que ir a gatas hasta el lavabo. Allí, otra vez se repetía la misma historia: cubitos de hielo, aspirinas, largas horas de dolor físico, angustia y desesperación.

Volver a llamar, una vez más, a la Oficina para decirles que me había vuelto a caer y no podía ir a trabajar, me resultaba vergonzoso el tener que mentir de esa manera. ¡Qué pensarán de ml! Creerán que soy la mujer más patosa del universo, o tal vez sospecharán la verdad. Ninguna de las dos cosas daba una buena imagen de mí. Sin embargo, ¿qué culpa tenía yo? ¿Qué podía hacer?

Sentí la tentación de proclamar a los cuatro vientos mi triste historia, denunciarla a la Policía, explicarla a un periódico, a la televisión. Armar un buen escándalo, aunque me costara la vida. Pero no fui capaz de hacerlo.

A medida que disminuía el dolor de cabeza, a medida que podía pensar con más claridad, la sensación de impotencia, de desespero, se fueron transformando en sorda ira, en un profundo odio hacia Paco. Pensé seriamente en matarle. En clavarle, con toda mi fuerza, el largo y afilado cuchillo en su corazón, mientras dormía una de sus borracheras. Pero tampoco me sentí capaz de hacerlo…

A la mañana siguiente, como una tonta, le prepare su comida favorita: sopa de gambas y estofado de ternera. ¡Qué idiota fui! Nerviosa e impaciente estuve esperando a Paco. Eran más de las tres y aun no había llegado. Yo ya tenía que marcharme, si no quería llegar tarde al trabajo, pero no podía hacerlo. Pensaba que si él llegaba y encontraba la comida otra vez fría, sería capaz de esparcirla por todo el piso. Tampoco serviría de nada dejarle una nota diciéndole que se calentara la comida en el microondas, era incapaz de hacerlo. Decidí aguardar a Paco y llamar a la Oficina para decirles que me había surgido un problema e iría a trabajar más tarde.

Paco llegó casi a las cuatro. Nada más oírle entrar fui presurosa a colocar la comida en la mesa. Una comida de la cual había estado pendiente durante dos horas, para que no estuviese fría ni recalentada.

Paco miró con desdén la comida, y burlón me dijo:

–Tendrás que comerte tú tus guisos. Yo ya he comido. De ahora en adelante comeré fuera. ¡No soporto cómo cocinas!

Y se fue al dormitorio a echar la siesta.

Su reacción me dejó helada, no la esperaba. Confiaba en que, como siempre después de una paliza, a la mañana siguiente estaría amable, en plan de perdonavidas. Sin embargo, aquella vez no me afligí. En mi mente y corazón nacieron una fría rabia, una fría y tenaz necesidad de matarle, no sé cómo pude contenerme... Me fui tranquilizando al pensar:

–Duerme tranquilo tu siesta, pero no te confíes. El próximo puñetazo, la próxima paliza, si no me matas será la última. Tu última dormida de borracho...

Firmemente convencida, regocijada con estos pensamientos, me fui relajando. De tal modo, que me comí yo sola, con parsimonia y tranquilidad, toda aquella comida, que tanto me había costado preparar. Incluso descorché una botella de cava y bebí una copa. Valía la pena celebrar la decisión tomada, y lo hice con un amenazador brindis. Luego fui a trabajar, tranquila y optimista.

En realidad, el que Paco no viniera más a comer, no fue ningún trauma. Al contrario, significó tener más tiempo para mí y, sobre todo, verle menos. A partir de aquel día, yo también comía en un bar cercano a la Oficina. Tardaba menos de una hora en comer y así que terminaba ya volvía al trabajo: con lo cual ganaba una hora diaria. Y ello me permitía efectuar mayor cantidad de proyectos y aumentar mi remuneración.

Entonces ya empecé a notar que Benjamín me daba cada vez trabajos de más responsabilidad, los supervisaba con menos detalle y me sugería muy pocas modificaciones. Ello me halagaba, estimulaba y satisfacía: disfrutaba plenamente con mi trabajo.

Si bien los malos tratos y vejaciones habían disminuido, ahora empezaron los problemas económicos. Desde el momento en que Paco dejó de comer en casa, ya no me dio ni un *duro*. Se limitaba a pagar el alquiler del piso, los recibos del agua, gas, teléfono y electricidad, todos los recibos que figuraban a su nombre, y se quedaba con el resto de su sueldo.

Y yo, con mis pequeños ingresos, tenía que comer, vestirme, hacer frente al resto de los gastos de la casa, comprarle su whisky y pagar las cenas con Anselmo y Cecilia. No tuve más remedio que echar mano de mis ahorros y veía, preocupada, como estos menguaban mes a mes. ¿Qué haría cuando se terminaran?

En vista de esta situación, hice una cuidadosa lista de los gastos e ingresos que yo tenía. Y un domingo, en el cual Paco parecía de buen humor, se lo comenté y le di la lista. La miró serio, con aire solemne, como si le hubiera presentado las Cuentas del Balance de una multinacional, y dijo arrogante: "Esto ya lo solucionaré yo". Y se metió la lista en un bolsillo, sin hacer más comentarios. Me había arriesgado a hablarle y a entregarle la lista, con la esperanza de que me diera algo de dinero cada mes y al ver su reacción ya la perdí del todo. Si no, ¿cómo iba a solucionarlo? ¿Qué otra posibilidad cabía? Estuve totalmente convencida de que era otra de sus bravatas. Tenía la triste experiencia de que era un egoísta, incapaz de solucionar nada a nadie. Y me olvidé del problema.

Unos días después, al final de la tarde, se presentó Paco en la Oficina. Iba bastante bebido y oí, sin acabar de creerlo, que gritaba a la recepcionista:

–Soy el marido de Soledad. ¡Quiero hablar con su jefe!

–No está en este momento, no sé si volverá –le contestó ella, confusa y molesta por sus malas maneras–.

– ¿Es verdad, no me estás engañando?

– ¡Oiga, le he dicho la verdad! Si quiera hablar con su esposa, ahora la llamo…

Yo, nada más oír sus gritos, me había quedado aturdida, sofocada, sin saber qué hacer. Al comprender el mal trago que estaba pasando la recepcionista, decidí intervenir. Me levanté y fui hacia ellos. Nada más verme Paco me gritó, colérico y sarcástico:

– ¡Tú, vuelve al trabajo, no sea que te echen! ¡Aunque ganarías más dinero fregando suelos!

Me quedé parada, asustada, temiendo que si me acercaba más a él me tumbaría de un puñetazo. Víctor, que debió oír los gritos, salió de su despacho y preguntó serió, mirando a Paco:

– ¿Qué desea usted?

–Soy el marido de esa y he venido a hablar con su jefe. La están estafando y explotando. Tengo un amigo, un gran abogado laboralista, que me ha dicho...

–Yo soy el gerente de la empresa. Por favor, pase a mi despacho y hablaremos tranquilamente, sobre lo que usted desee...

Dio la mano a Paco y lo guió hacia el despacho. Entonces, yo entré en el estudio. Me temblaban las piernas, estaba aturdida y sentía una infinita vergüenza, como jamás había sentido. Me desplomé en mi silla, incapaz de decir palabra, como ausente de toda aquella vergonzosa situación. Para colmo, uno de mis compañeros de trabajo, con poca delicadeza, pero sin mala intención, con espontaneidad, con ánimo de consolarme, me dijo:

– ¿Este energúmeno es tu marido? ¿Cómo pudiste casarte con semejante animal?

Aquellas palabras me hicieron explotar en sollozos de rabia, frustración y vergüenza.

–Perdona, no debí decirlo, lo siento…

Fui incapaz de contestarle y seguí llorando, como nunca había hecho. Todavía estaba llorando cuando entró Víctor, me puso amablemente una mano en el hombro y me dijo:

–Tranquilízate, ya se ha ido. Ve a refrescarte un poco. Mañana hablaré con Benjamín… Todo se arreglará, no te preocupes.

Como ya era costumbre, aquella noche no vi a Paco. Estaba resentida y furiosa con él, con unas enormes ganas de matarlo.

Pensando:

–Luis tiene toda la razón. ¿Cómo he podido casarme con semejante animal? ¿Cómo pude enamorarme de semejante cretino? ¡Cuán ciega estaba! ¿Por qué no me di cuenta de que es un ignorante, un fanfarrón, un vago y una mala bestia? ¿Quién coño se ha creído que es? Se cree el dueño absoluto de mis actos, de mi vida, de mis pensamientos y sentimientos… Lo de hoy ha sido inaudito. Me ha hecho pasar la mayor vergüenza de mi vida. ¿Qué pensarán mis compañeros de mí? Sentirán lástima, me considerarán una tonta que todo lo aguanta con tal de tener un marido... Ahora sí que tendrán claras las repetidas *caídas*... ¡Dios mío, qué vergüenza! Y Víctor, qué habrá pensado... Es muy buena persona y muy educado, seguro que no le habrá hecho ninguna gracia el espectáculo que ha presenciado. ¿Qué le habrá dicho Paco? Sólo fútiles amenazas, bravuconadas de fanfarrón ebrio... Y Benjamín, ¿cómo reaccionará al enterarse? También es una buena persona, pero más rígido, más estricto que Víctor. Le sentará muy mal, seguro... Todo lo que he conseguido con tanto esfuerzo, en estos dos últimos años, puedo perderlo de golpe. ¡Dios mío, puedo perder mi trabajo! Si esto sucede, Paco lo pagará caro, lo juro, juro que lo mataré. Y después me suicidaré, no quiero ir a la cárcel...

Con estos lúgubres pensamientos me dormí, sin enterarme de la hora en que llegó Paco.

A la mañana siguiente en la Oficina, todo transcurrió sin el menor comentario, la menor alusión al desagradable incidente de la tarde anterior. Benjamín y Víctor estuvieron fuera toda la mañana.

Y yo, como cada día, salí a las dos a comer y a las tres ya estaba trabajando. Víctor y Benjamín llegaron media hora después. Víctor vino a saludarme amablemente y a continuación me dijo:

–Ya he hablado con Benjamín sobre el asunto de ayer, nos espera en su despacho.

Aquellas palabras no me gustaron nada. Todos los asuntos de personal se trataban en el despacho de Víctor y si Benjamín debía intervenir iba allí, a pesar de ser el socio mayoritario, el que tenía mayor poder de decisión. Asustada, acudieron a mi mente preocupantes pensamientos:

–A Benjamín le habrá sentado muy mal éste asunto. Pensará que si llega a estar presente algún cliente en aquel momento, ¿qué impresión se habría llevado del personal y de la empresa? Es lógico que piense así, a mí no se me había ocurrido esa posibilidad hasta ahora … Con lo serio que es, con lo que aprecia la disciplina y el correcto comportamiento de todos, tal como él ve y siente la empresa, se hallará en la obligación de despedirme … ¿Cómo puedo defenderme, qué le digo?

Abrumada por esos pensamientos, nada más entrar le dije:

–Lo siento, te ruego que me disculpes. No pude ni imaginar el que mi marido llegara hasta ese extremo…

–No debes disculparte. No ha sido culpa tuya. Te ruego que te sientes y me escuches.

Y ante mi asombro prosiguió:

–La culpa es sólo mía. Siempre me vanaglorio de decir que todos los empleados somos como una familia y me he olvidado de uno de sus miembros, de ti. No puedo excusarme diciendo que tengo mucho trabajo, muchos problemas: la familia es lo primero. Hace más de un año que debimos aumentarte el sueldo, y no lo hicimos. Ha sido un fallo imperdonable…

–Del cual me siento igualmente responsable –intervino Víctor–. Benjamín continuó:

–Para paliar ése error, hemos pensado hacerte un contrato indefinido, a partir de hoy, con el sueldo base de arquitecto. También tendrás un plus voluntario personal, para irte compensando de los atrasos que te correspondían. Además, seguirás percibiendo una comisión, mejor dicho, será una participación en la facturación de tus trabajos, con el actual tanto por ciento doblado.

Con ello esperamos puedas cubrir, momentáneamente, tus necesidades económicas. ¿Te parece bien?

–Muy bien. No creo merecerme tanto. Sois muy generosos y comprensivos…

–Te apreciamos mucho. Y te ruego que, a partir de ese momento, cualquier problema económico, personal, de abogados… que puedas tener, lo digas de inmediato a cualquier de nosotros dos. Te prometo que haremos todo lo que esté en nuestras manos, para ayudarte. Nunca dudes de acudir a nosotros.

Salí del despacho de Benjamín con un gran alivio, sin acabar de creer en lo bien que habían salido las cosas. Víctor, que me acompañaba, me dijo:

–Ven un momento a mi despacho, tengo algo tuyo.

Abrió el cajón de su escritorio y me entregó la nota de gastos, que yo había dado a Paco. Al verla, no pude contenerme de decir a Víctor:

–Pensarás que soy una tonta, una estúpida, por no atreverme a separarme de él. Pero le tengo miedo, mucho miedo.

–Te comprendo perfectamente, y siento que estés sufriendo lo que no te mereces. Repito lo dicho por Benjamín: si necesitas ayuda legal, abogados, lo que haga falta, no dudes en decirlo.

–Gracias. Puede que necesite tu ofrecimiento. Si llega el caso os lo pediré con toda confianza.

–Eso espero.

Dos años atrás, habría esperado jubilosa a Paco para abrazarlo y darle la buena noticia. Ahora, ni siquiera pensaba en decírselo. Lo que hice fue abrir una cuenta a mi nombre y al de mi madre, y en ella ingresaron mi sueldo. La *Libreta* la guardé en la mesa de mi despacho de la Oficina. De esta forma, Paco nunca supo de la existencia de ese dinero, que yo ya pensaba que me servirla para independizarme. Era lo que veladamente quiso darme a entender Benjamín.

Los cobros por las comisiones los fui ingresando, como hasta entonces, en la *Libreta* que Paco ya sabía de su existencia. Además, si le decía que me habían doblado el sueldo, esto serviría para calmarlo, para evitar que hiciera otra burrada.

Paco parecía haberse olvidado del asunto, no obstante, aproveché un domingo, después de comer en un restaurante, para decirle:

–Gracias a que tú fuiste a ver a Víctor, me han doblado el sueldo. ¡Ha sido estupendo!

–¿Ahora ya cobrarás como un ingeniero?

–Todavía no. Pero me han doblado el tanto por ciento de las comisiones. Ahora cobraré el doble que antes. No te molestaré más por asuntos de dinero.

–Bien, pero tendrás que espabilarte. Tal como acordamos, pienso dejar de trabajar a los cuarenta.

Así qué, ¡tú misma! ¡No voy a estar todo el día sacándote las castañas del fuego!

– No te preocupes, lo haré. Ya sabes que siempre hago lo que me mandas…

– ¡Más te vale! No lo olvides nunca.

–Sí, cariño…

Aquel día, sola en mi cama, estuve pensando:

– ¡El muy cretino! ¿De verdad se cree que voy a mantenerlo a partir de los cuarenta? ¿De qué coño de acuerdo habla? Es cierto que lo dijo varias veces de solteros, pero siempre lo tomé como una de sus bromas. ¡Cómo podía pensar que hablaba en serio, que semejante estupidez era una propuesta formal…! Sin embargo, ahora empiezo a comprender que sí lo era para él. Es un vago, un engreído y un egoísta patológico… Lo tenía bien planeado… Por eso me eligió a mí, solamente por mi carrera, por mi futuro económico. ¡Dios mío! ¿Cómo no me di cuenta antes? ¿Cómo he podido ser tan ciega? Estaba enamorada, muy enamorada, por primera vez en la vida. Fue muy bonito, hermoso, un recuerdo inolvidable… Aunque muy caro, me está costando muy caro y aún no ha terminado. ¿Cómo acabará? Sólo Dios lo sabe … Ahora ya empiezo a ver claro, a comprender sus intenciones … La forma cómo reaccionó al proponerle una posible separación, no fue sólo debido a su orgullo machista, a la soberbia, al temor de perder algo que considera propiedad exclusiva suya: a mí. Además, perdía a su gallina de los huevos de oro, a la sumisa esclava que, está convencido, le servirá y mantendrá durante toda la vida. ¿Me conoce tan poco para llegar el extremo de creer qué será así? ¡Cuán equivocado está! Sin embargo, se lo cree, está totalmente convencido de ello… Hoy me ha quedado bien claro, cuando me ha amenazado. No era una fanfarronada, era todo un convencimiento, algo con lo cual ya cuenta… Menos mal que ha fijado el plazo para cuando tenga cuarenta años. Si lo llega a fijar para los treinta ¡estaba apañada! No debo tomarlo a broma, sino muy en serio. Aunque la considere una situación absurda, puede convertirse en violenta, peligrosa … Si se le mete en su cerebro, reblandecido por el alcohol, la idea de que debo mantenerlo, dentro de un año o dos, no parará hasta conseguirlo. Aunque sea a paliza diaria, aunque tenga que prostituirme… ¡Dios mío, qué puedo hacer! Estoy metida en una verdadera ratonera y no sé salir de ella... Paco no es inteligente ni culto: solamente es listo. Con cierto encanto para las mujeres. Sabe manejar bien a las mujeres, pero no a los hombres. En el fondo es un cobarde. Si un hombre, como mi hermano, le pusiera las manos encima, se mearía en los calzoncillos... Sólo se atreve conmigo, porque soy más débil físicamente... Quizá también con alguna otra, quién sabe. Pero nunca se enfrentaría a otro hombre, con ellos siempre se muestra simpático, hasta adulador...

Con los bares y lugares que debe frecuentar cada noche, si actuara cómo actúa en casa ya le habrían partido la cara veinte veces. Ahora empiezo a comprender claramente cómo es... Según los comentarios de la recepcionista, cuando salió del despacho de Víctor estaba tranquilo, la mar de amable, orgulloso como un pavo real. Víctor lo manejó muy bien. Estoy segura de que con una mujer no hubiera sido lo mismo... Quizá la solución esté ahí: un buen abogado. Con una personalidad como la de Víctor, un buen negociador. Una persona así, podría convencerle para que aceptara la separación de buen grado. El punto débil del carácter de Paco es su egoísmo y, después, su vanidad. Un hombre que supiese tocar hábilmente estos dos resortes, podría convencerle, incluso engañarle. Paco, en el fondo, es sólo un ignorante engreído: un mentiroso que se cree sus propias mentiras… Como en el caso de Sergio, su gran amigo, el ilustre abogado laboralista. Según Cecilia, este Sergio no es abogado ni nada. Es un operario electricista miembro del Comité de Empresa, un sindicalista bastante vago, que sólo se ocupa de sus intereses. Un tipo así, no es extraño que sea amigo de Paco. Aunque, en realidad, Paco no tiene amigos de verdad, sólo tiene compañeros de trabajo y colegas de juergas… Sí, la solución está en buscar un hábil negociador. Puede que Víctor conozca a alguno, o bien Julia, o su padre. En último extremo hablaré con ella, primero será con Víctor… Antes debo comunicarlo a mi familia, cuando vaya de vacaciones al pueblo, en agosto. No voy a contarles lo de los malos tratos y humillaciones. Solamente que no funciona nuestro matrimonio, que está roto del todo… No creo que les vaya a extrañar mucho, sobre todo a mi madre. Ella ya intuye, desde hace tiempo, lo que me está pasando…

Paco nunca les ha caído bien ni a mi madre ni a mi hermano, sólo le cae bien a mi cuñada … El primer año de casados, el único año que fuimos los dos de vacaciones al pueblo, a pesar de que mi familia nos trató muy bien, y yo lo pasé estupendamente, no dejé de notar, con cierta inquietud, que no acababan de considerar a Paco como a un verdadero miembro de la familia. No dije nada, pensaba que estaban equivocados, que con el tiempo cambiarían de opinión. ¡Era yo la que estaba totalmente equivocada! ¡Cuán estúpida fui al no preguntarles! Debí hablarles, pedirles que me explicaran sus recelos con toda sinceridad. Quizá me habrían abierto los ojos antes... De todos modos ¿de qué me habría servido? Sólo hubiera servido para anticipar mi pena unos meses... El segundo año de casados ya fui de vacaciones sola al pueblo. Les dije que Paco no podría ir por asuntos de trabajo: una mentira. La verdad es que fue Paco quien me mandó ir sola. Él tenía una aventura y quería disfrutarla sin estorbos. Usó nuestro piso, la cama de matrimonio, todo, sin disimulos, con toda desfachatez. Lo noté nada más llegar. Pero no dije nada, tenía miedo... Este año ya me ha anunciado que debo ir de vacaciones sola. ¡No sabe cuánto me alegro! Prepararé el terreno con mi familia, les pediré consejo. Sé que me entenderán y apoyarán. Cuando regrese, a partir de septiembre, buscaré un buen abogado. Está decidido...

Pasé unas estupendas vacaciones con mi familia, feliz, relajada, olvidándome de mis penas conyugales. Llegó septiembre y no hice nada de lo que me había propuesto: buscar un abogado competente para tramitar la separación. En aquel momento ya no lo vi tan factible, empecé a dudar, a pensar:

–Paco, en el mejor de los casos, pedirá una compensación económica, una asignación mensual que le permita, sin dar golpe, mantener su actual nivel de vida para siempre. Ello supone una Renta Vitalicia, con un depósito de muchos millones. Y yo no tengo nada, solamente mi sueldo. Quizá se conforme con el ochenta por ciento de éste, revalorizado de acuerdo con el IPC anual. En el dudoso caso de que acepte, a mí no me queda lo suficiente para vivir decentemente, tal como vivo ahora. ¡Es injusto! ¿Por qué debo pagar tan caro, y por toda la vida, el sencillo error de haberme enamorado del hombre equivocado? Soy una simple trabajadora, no soy una millonaria. No puedo permitirme el lujo de mantener a un hombre toda la vida. No tengo más remedio que aguantar, dar tiempo al tiempo… Quizá la solución aparezca sola, en el momento menos pensado… Además, en los últimos meses, apenas veo a Paco.

En aquel momento lo que más me dolía, me repugnaba, era una humillación, que últimamente me obligaba a soportar: Algunas noches, en las cuales supongo que no había encontrado a otra para satisfacerlo sexualmente, al llegar a casa de madrugada se espatarraba medio ebrio en el sofá del salón y me llamaba a gritos, para que fuera a *chupársela*. Y yo, medio dormida, asustada, me levantaba para complacerlo. Debía de hacérselo con toda suavidad, con toda la atención, con el máximo de concentración, hasta que se corría. Y a mí no me dejaba parar hasta haber tragado, lentamente todo el semen que había vertido en mi boca ¡Era asqueroso! Una de las primeras veces que me obligaba a hacerlo, nada más empezar me cogió brutalmente por los cabellos y tirando de ellos, como si quisiera arrancármelos, me gritó furioso:

– ¡Estúpida, me has mordido! ¡Si vuelves a hacerlo, te arranco los dientes uno a uno!

Y me soltó la cabeza para que pudiera continuar. Yo estaba asustada, llorosa y me dolía todo el cuero cabelludo, pero continué, con miedo y el máximo de atención, como si aquello fuera un importante y delicado trabajo...

Unos meses después, Paco se dejo crecer los cabellos y se hizo una bonita coleta. La verdad es que le sentaba muy bien, le favorecía mucho. Él lo sabía y la cuidaba con esmero. Se lavaba y alisaba el cabello cada día, después de ducharse. Para secarse el cabello utilizaba un antiguo secador mío. Un día encontré el secador sobre el borde de la bañera, lo desenchufé y lo guardé, pensando:

–Este secador es un peligro, no tiene protección alguna contra el agua. A través de su rejilla de ventilación pude ver perfectamente los bornes de conexión. Si se me cayera al agua, mientras me estoy duchando, sería como sentarme en la silla eléctrica.

A la mañana siguiente, a las cinco de la madrugada, Paco me llamó, gritando furioso, para que fuera al cuarto de baño. Al llegar vi que acababa de ducharse y se estaba secando el pecho con una toalla. Cuando me acerque a él, me cogió por los cabellos y, gritando amenazador, dijo:

– ¡Estúpida! ¿Dónde está el secador?

–Era peligroso donde estaba, pensé. Por eso lo recogí y lo guardé.

– ¡Aquí sólo pienso yo! ¡Tú no sabes nada de nada! ¿Te crees muy lista? ¡Eh, sabionda! ¡Tráelo y ponlo en su lugar! La próxima vez que toques una de mis cosas, te voy a patear la cara.

Como de costumbre, le obedecí temblando de miedo. A partir de entonces, cada día antes de ducharme, me tomaba la molestia de desenchufar el secador y quitarlo del borde de la bañera. Luego, una vez ya arreglada, no podía olvidarme de volver a colocarlo en su sitio, en la posición exacta en que estaba antes.

Últimamente, Paco ya no iba a jugar a tenis los jueves con Anselmo y otros compañeros. En vez de ello, se pasaba parte de la tarde metido en la bañera. No me hizo comentario alguno al respecto, no hacía ninguna falta. Me enteraba los jueves al llegar a casa, porque dejaba el cuarto de baño hecho un asco: toda la bañera y el suelo llenos de agua jabonosa. Y yo me pasaba mi buena media hora, fregando y limpiando. Llegué incluso a pensar que se bañaba solamente para fastidiarme, para que yo tuviera que fregar y limpiar más. Para recordarme que él era el dueño absoluto de mí y de la casa…

Un jueves al mediodía, mientras estaba comiendo, me acordé de que me había olvidado en casa unos apuntes y los necesitaba para aquella tarde. Después de comer, cogí el autobús y fui a buscarlos. Al entrar en casa, Paco preguntó desde el cuarto de baño:

– ¿Eres tú?

–Sí. He venido a recoger unos apuntes que había olvidado llevarme.

–Bueno.

Cogí los apuntes y le dije desde el recibidor.

–Adiós! Tengo que marcharme, o entraré tarde al trabajo.

–Antes tráeme un vaso con unos cuantos cubitos y una botella de whisky.

Fui a buscar lo que pedía y se lo llevé al cuarto de baño. Destapé la botella, llené el vaso hasta la mitad y dejé vaso y botella en el borde de la bañera, en el sitio que él me había indicado.

Vi en el suelo una botella de whisky vacía y me agaché para recogerla, con la intención de llevarla a la cocina y tirarla a la basura. Paco hizo un torpe ademán de cogerme por los cabellos, movimiento que yo esquivé enderezándome de golpe y dando un paso atrás. Estaba más sorprendida que asustada, pues no sabía a qué venía aquella reacción suya. Paco me miró burlón y dijo irónico:

–Podrías *chupármela* dentro del agua… Bueno hoy no, otro día. Ahora, ¡lárgate!

Y cerró los ojos, sonriendo, recreándose, como extasiado ante la nueva vejación que se le acababa de ocurrir. Me quedé aterrada ante la idea de lo que tramaba hacerme. En su cara se reflejaba la misma satisfacción, la misma burla y regocijo, que la de aquel día en el fregadero de la cocina. Comprendí lo mucho que le gustaría torturarme así, ahogarme en agua sucia. Y también comprendí claramente que no pararía hasta probarlo.

Con estos pensamientos, todo el miedo, la ira y el odio, tanto tiempo almacenados dentro de mí, surgieron en un sofoco de terror. Estaba temblando, jadeando, creyendo que iba a desvanecerme. Así permanecí unos instantes. Mirando fijamente a la cara de Paco, el cual permanecía con los ojos cerrados, esbozando una bobalicona sonrisa de borracho. Furiosa, desvié mí mirada de su cara y decidí marcharme. Entonces me percaté del secador, pequeño, negro, letal como una víbora. Me acerqué despacio, lo cogí con cuidado y lo dejé caer sobre su pecho.

Hubo un fuerte chasquido. El cuerpo de Paco, en una violenta convulsión, quedó tenso un instante, apoyado con los antebrazos en los bordes de la bañera, casi fuera del agua, como si quisiera salir de ella levitando. Luego volvió a caer, quedando en la posición de antes. La burlona sonrisa de su cara se había borrado. Tenía los ojos agrandados y en su semblante sólo se reflejaba sorpresa, no parecía estar muerto. A mí me latía con fuerza el corazón. Para calmarme, respiré profundamente varias veces y salí del cuarto de baño, sin volver a mirar a Paco.

Al llegar al recibidor me di cuenta de que no había luz y angustiada pensé: ¡Ha saltado el automático! ¡La descarga debe de haber sido muy débil! Estoy segura de que no está muerto… Solamente habrá quedado inconsciente. ¡Dios mío! Ahora me va a denunciar, por intento de asesinato… O me matará. Es capaz de idear una tortura, una muerte cruel… ¿Cómo no he pensado en el automático? Ha sido todo tan precipitado, tan imprevisto…

Ésta es mi única defensa: intento de homicidio en un momento de ofuscación, sin premeditación… ¡Qué más da! Estoy perdida. En el caso poco probable de que me absuelvan, y Paco no me mate, mi vida ya está arruinada… ¿Quién me va a dar trabajo, cuándo se sepa todo eso? La única solución es asegurarme de que está muerto… He oído decir que a los condenados a la silla eléctrica les dan tres oportunidades. Si aguantan las tres descargas los perdonan… Bien, lo haré así, como si fuera una ejecución legal…

Conecté el automático y se disparó al instante, volví a conectarlo y disparó otra vez. Y yo me marché, pensando: "Ya ha recibido las tres descargas. Ahora que sea lo que Dios quiera".

Salí de casa y cogí el autobús. Estaba bastante tranquila, casi como si nada hubiera sucedido. En el trayecto, estuve repasando los apuntes y llegué al trabajo totalmente calmada. Me puse a trabajar, y aún no llevaba una hora trabajando, cuando me llamaron por teléfono.

– ¿La señora Soledad

–Sí. Diga.

–Soy el inspector Ortiz. La llamo porque su marido ha sufrido un accidente.

– ¿Dónde está? ¿Adónde lo han llevado?

–Está en su casa.

– ¿Entonces no es nada grave?

–Bueno… Verá, es mejor que venga lo antes posible.

–Claro. Voy en seguida. Cogeré un taxi. Estaré allí en quince minutos.

–Gracias. La espero.

Estaba más confundida que asustada y, durante el trayecto, estuve pensando: ahora sí que no lo entiendo. Era yo la que debía llegar a casa por la noche, encontrarlo muerto en la bañera y llamar a Urgencias... Solamente yo puedo entrar en casa y abrir la puerta a la policía, o a quién fuese... También Paco podía abrir desde dentro. Ha sido él, los ha llamado y ha abierto la puerta... Seguro que es así. No hay otra posibilidad. Lo cual significa que está vivo, totalmente ileso, sino ya lo habrían ingresado en algún hospital... El hecho de haber llamado a la policía indica que sabe, o sospecha, que he sido yo... Pero no puede probarlo. Tenía los ojos cerrados, no me vio... Estaba bastante bebido, medio dormido, pudo soñarlo...

Intentaré insinuar eso veladamente... No, no debo hacerme la lista, puedo pasarme de raya. La policía no es tonta ... Debo limitarme a explicar, con calma, serenamente, una y mil veces, la versión que ya tenía preparada ... Al fin y al cabo, es la pura verdad, lo que realmente sucedió. Omitiendo, desde luego, lo de coger el secador y tirarlo a la bañera. Eso debo de borrarlo de mi mente. Convencerme a mí misma de que nunca sucedió. Esto es lo qué debo hacer, lo que haré. Nada ni nadie me hará cambiar la versión, no me cogerán en mentira alguna. Será fácil: no se trata de mentir, sino de omitir...

Al llegar a casa, vi que la puerta del piso estaba abierta y un policía montaba guardia impidiendo la entrada. Me dirigí a él, le dije mi nombre, le expliqué que me habían llamado y seguidamente pregunté:

– ¿Qué ha sucedido?

–Entre, haga el favor. El Inspector se lo explicará.

Y me acompañó hasta el comedor. Allí, sentado en el sofá, un hombre estaba escribiendo en un cuaderno de notas. Al vernos se levantó y, tendiendo la mano, preguntó.

– ¿La señora Soledad?

–Sí.

–Soy el inspector Ortiz, el que la ha llamado. Gracias por venir tan pronto.

–Estoy muy preocupada. ¿Qué le ha ocurrido a Paco? Parece que nadie quiere decírmelo...

–Ha sufrido un grave accidente en la bañera.

– ¿Dónde está?

–En el cuarto de baño.

– ¿Por qué no lo han ingresado? ¿Por qué no han llamado a una ambulancia?

–Porque está muerto… Lo siento, señora. No se pudo hacer nada…

– ¡No es posible! Quiero verlo, hablar con él…

–Bien. Acompáñeme.

En el cuarto de baño había dos hombres, uno sacando fotos y otro en cuclillas al borde de la bañera, con los brazos metidos dentro de ella. Yo sólo alcanzaba a ver medio bañera vacía, nada más.

–No lo veo. ¿Dónde está?

Al oír mis palabras, el hombre que estaba agachado, el médico forense, se levantó, me cogió amablemente por los hombros y dijo:

–Acérquese un poco más… No es nada agradable lo que va a ver.

Entonces lo vi. Estaba rígido, tendido en el fondo de la bañera. En su cara, en sus desorbitados ojos, vi la angustia, el terror a la muerte. Mis ojos estaban contemplando el rostro de Paco, pero mi mente estaba viendo el rostro de mi hermano pequeño, como lo vi aquel día en que se ahogó en aquella balsa. Y una oleada de asfixiante calor subió de mi estómago a mi cabeza. Me tambaleé, intentando dar un paso hacia atrás, y de no ser por el forense y el inspector que me aguantaron, me caigo redonda al suelo.

Los dos hombres, sosteniéndome por los sobacos, me llevaron hasta el comedor y me sentaron en el sofá. Estaba mareada, casi inconsciente, y sentía un frío sudor en mi frente. El forense desabrochó los primeros botones de mi blusa y se fue a buscar un frasco. Lo destapó y lo aplicó a mi nariz. Aquel fuerte olor me hizo reaccionar y dije:

–Lo siento. No sé qué me ha pasado…

–No te preocupes –contestó el forense– Es normal, la impresión ha sido muy fuerte. Ahora respira hondo y lentamente varias veces. En pocos minutos estarás bien. Llámame si no estás mejor dentro de un par de minutos. Estaré en el cuarto de baño, debo terminar mi trabajo.

–Gracias, doctor.

El inspector, sentado frente a mí me observaba atentamente. Estaba segura de que esperaba el momento para interrogarme. Aún me sentía algo confusa, no tenía la lucidez de mente adecuada a las circunstancias. Así, para ganar tiempo y poder concentrarme mejor, le dije:

–Gracias también a usted, inspector. Si no es por ustedes dos me caigo al suelo.

–Es normal una reacción así, en esas circunstancias... Debe de haber sido muy duro para usted. Nosotros, a pesar de tener más experiencia, por haber visto casos parecidos, nunca nos acostumbramos del todo, nunca nos dejan indiferentes.

–Me hago cargo. No envidio para nada su trabajo.

–Todos los trabajos tienen sus ventajas y sus inconvenientes… Me alegra ver que se encuentra mejor. ¿Está en condiciones de responder a algunas preguntas de rutina?

–Sí, inspector. Pregunte lo que quiera.

– ¿Ha identificado el cadáver como el de su marido, verdad?

–Sí. Era él.

– ¿Cuándo fue la última vez que lo vio?

–Esta misma tarde. Estuve unos minutos en casa. Llegué en el autobús de las tres y regresé al trabajo en el de las tres y veinte. Solamente vine para recoger unos apuntes, que me había olvidado.

– ¿Habló con él?

–Sí, claro. Nos saludamos y le dije el porqué había venido. Él se estaba bañando y me pidió que le trajera un vaso con unos cubitos y una botella de whisky. Se lo traje, me despedí de él y me fui. Tenía prisa, no quería llegar tarde al trabajo.

– ¿Se fijó usted si el secador estaba enchufado y al alcance de su marido?

–No me fijé en ese detalle en particular. Pero debía de estar allí, apoyado en el borde de la bañera. En la esquina izquierda. Siempre estaba allí.. Bueno, siempre no. Sólo hace unos meses, desde que se dejó la coleta. Lo usaba para secarse el cabello después de ducharse o bañarse.

– ¿Se bañaba cada día?

–No. Solamente los jueves. Los demás días se duchaba.

– ¡Ah! Ya lo entiendo ¿No se dieron cuenta, usted o su marido, de que era muy peligroso tener el secador allí y siempre enchufado?

–Se lo dije a Paco, pero me respondió que no lo tocara. Que era mucho más peligroso para él salir de la bañera mojado para enchufarlo, porque siempre se olvidaba de hacerlo. Sólo se acordaba una vez duchado, en el momento de ir a secarse el cabello… Su oficio era el de electricista, sabía de electricidad mucho más que yo.

–Lamentablemente, su marido estaba equivocado. Espero que usted no siga con esa costumbre.

–No lo haré, puede estar seguro. Además, nunca me he secado el cabello dentro de la bañera. Siempre lo hago frente al espejo del lavabo, cuando ya me he secado y puesto el albornoz.

–Usted me ha dicho que su marido le pidió una botella de whisky y un vaso con cubitos. ¿Cogió él la botella y el vaso que le trajo?

–No. Me pidió que se lo dejara todo al borde de la bañera, al alcance de su mano. Todavía le quedaba algo de bebida en el otro vaso, del que estaba bebiendo.

–Al vaciar la bañera hemos encontrado dos vasos y una botella casi llena. Lo cual me ha hecho suponer que habían estado bebiendo dos personas.

–Yo no bebo nunca. Jamás he probado el whisky.

–Su explicación ha aclarado algunas de mis dudas. Puede que en este sentido me haya equivocado… Otra cosa, ¿se fijó usted en sí había en el suelo otra botella vacía?

–Sí. Lo recuerdo perfectamente. Estuve a punto de cogerla y echarla a la basura. Pero pensé que ya lo haría por la noche al fregar el cuarto de baño. Como ya le he dicho, tenía prisa.

– ¿Sabe la cantidad que pudo beber su marido, antes de llegar usted?

–No lo sé. No tengo la menor idea.

–Bueno, no tiene mucha importancia. La autopsia nos dirá la cantidad exacta de alcohol que ingirió…

– ¿Tienen que hacerle la autopsia?

–Sí. En un caso como este, la ley lo exige. Debe de comprenderlo.

–Lo comprendo.

–Bien, ahora sólo me queda una pregunta. ¿Cuántas personas, que usted sepa, tienen llaves de este piso?

–Solamente mi marido y yo. Nadie más.

– ¿Seguro?

–Sí. Estoy totalmente segura. ¿Quién más la iba a tener?

– ¿Cerró usted la puerta al irse?

–Siempre lo hago. Nunca me la he dejado abierta, es como un gesto automático.

–Es lo que afirma su vecina.

– ¿Qué vecina?

–La señora Anita. Ella ha hecho una declaración a la policía. Usted ha confirmado una parte de ella. Pero creo que debe conocer el resto, por si puede ampliarlo o corroborarlo. No va a resultar nada agradable para usted, pero creo que es mejor saberlo ahora, que enterarse más tarde por los vecinos…

–Diga todo lo que tenga que decir. Le escucho.

–Gracias. Para ir más rápido, le leeré las notas que he tomado de la declaración:

– "Estaba sentada en la terraza y vi llegar a la señora Soledad. Hacía tiempo que no venía a esta hora, a comer a casa. Pensé que comería con su marido, pues él ya hacía un rato que estaba. Pero no pasó así. Al cabo de un cuarto de hora ella salió. Llevaba el mismo bolso y una carpeta bajo el brazo. Cogió el mismo autobús en que se iba antes, por los pelos, porque llevaba unos minutos de retraso. Nada más arrancar el autobús llegó la "otra"…

– ¿Qué otra?

–La que venía todos los jueves, a la misma hora. Incluso tenía la llave del piso. Entraba en casa, permanecían un par de horas los dos juntos, bebiendo y riendo, y luego salían, muy alegres. Cada jueves lo mismo, desde hace meses. Entonces me acordé de que era jueves y pensé que por poco los pilla juntos, o se cruza con la otra, con su amiga. Pero no fue así. La señora Soledad salió sin enterarse de nada, con lo buena que es…

– ¿Cómo sabe usted que es amiga suya?

–Por lo menos es amiga del matrimonio. Cada quince días venían, ella y su marido, a cenar y se quedaban hasta la una o las dos. Sé muy bien quién es ella. Es rubia, alta, guapa, con un buen tipo, viste de forma provocativa, se la ve un poco alocada. También conozco el coche que trae, es pequeño y de color blanco. Todos los, jueves lo aparca frente de casa.

– ¿Oyó usted que abría la puerta?

–Sí, con toda claridad. Tengo el oído muy fino, y en estos pisos se oye todo. Por eso, al verla salir corriendo, me acordé que no había oído cerrar la puerta. Habían estado gritando, creo que habían tenido una pelea, por eso ella se marchó enfadada, corriendo, sin cerrar la puerta. Pensé que ya la cerraría él, incluso esperaba que saliera tras ella. Pero al cabo de un rato, unos veinte minutos, más o menos, al ver que él no salía, ni cerraba la puerta del piso, fui a ver lo que pasaba. La puerta estaba abierta del todo, y no había luz en el recibidor. Desde allí llamé al señor Paco, varias veces, fuerte. Al no contestar, entré en el piso, siempre llamando. Tenía el presentimiento de que algo malo había ocurrido. No había nadie ni en el comedor ni en la cocina. La puerta del dormitorio estaba cerrada, pero la del baño estaba abierta. Siempre llamando en voz alta, diciendo que era yo, me dirigí al baño y entré. Estaba en la bañera. No se movía ni contestaba, algo le había pasado. Me acerqué un poco más y vi lo que había ocurrido. He trabajado casi cuarenta años en un Hospital. He visto muchos accidentes y muertos. No me asusto con facilidad, Pero al verlo me asusté: estaba muerto, bien muerto, puede estar seguro. Por eso no toqué nada y les llamé a ustedes..."

–Esta es toda la declaración de su vecina. Siento que haya tenido que enterarse de esa forma.

–No puede ser, no puedo creerlo... Cecilia y Paco...

–Cecilia, qué más. ¿Puede darme sus apellidos y dirección?

–No sé si debo hacerlo, no estoy segura. Estoy muy confundida

– ¿Tiene alguna otra amiga, conocida, o familiar, que se ajuste a esa descripción?

–No. Ninguna.

– ¿Qué coche tiene la tal Cecilia?

–Un *Peugeot* blanco, modelo pequeño.

–Lo ve. No puede ser otra. Y, según parece, es la última persona que vio con vida a su marido. Tenemos la obligación de interrogarla. De un modo u otro la localizaremos. Sólo le pido que nos de su nombre completo, dirección y número de teléfono, si lo tiene. Con su colaboración nos ahorrará tiempo y trabajo. ¿Lo comprende?

–Sí, lo comprendo. Tome nota. Me sé todos los datos de memoria…

–Gracias. Ha sido usted muy amable. Dentro de un par de días la llamarán para ratificar y firmar su declaración.

–Bien, estaré aquí o en el trabajo. ¿Quiere los teléfonos?

–Ya los tengo, gracias. Nosotros terminamos en seguida, ya ha venido el Juez y procederán a retirar el cadáver. Usted, si lo desea, puede retirarse a descansar un poco. Espero que no tengamos que molestarla más.

–Gracias, estaré aquí por si me necesitan. Además, tengo que llamar a mi familia. Pediré a mi madre que venga a pasar unos días conmigo.

Aquella misma noche, llegaron mi madre y mi hermano. Más que un consuelo, fueron para mí una gran ayuda a la hora de tramitar todo el papeleo de la incineración y funerales. Lo cual yo no tenía, ni remotamente, previsto.

Mi madre se quedó dos semanas más conmigo. En seguida noté que para ella significaba un verdadero sacrificio: no se encontraba a gusto en la ciudad y, menos todavía, en aquel piso. Yo ahora tampoco me sentía a gusto en el piso y ya había decidido dejarlo.

La empresa donde trabajaba Paco, pagaba un seguro de Accidente e Invalidez, para cada uno de sus empleados. Debido a este seguro yo, como beneficiaria, cobraría cinco millones. Con ese dinero, más el que me había ofrecido mi madre, pensaba comprarme un pequeño estudio o apartamento. Ese era mi primordial e inmediato objetivo: olvidarme de Paco y de todo lo relacionado con él, lo más rápido posible.

Unas semanas después, cuando casi ya me había olvidado de Cecilia y de su comportamiento, ella me llamó para decirme:

–Me gustaría que habláramos… Podríamos ir a comer o tomar unas copas juntas. Necesito hablar contigo, disculparme, que me perdones…

–Ha sido demasiado gordo lo que me has hecho, no tiene perdón. No quiero volver a verte en mi vida.

–Comprendo que estés muy dolida. He actuado mal, muy mal. Fue una locura, pero la he pagado muy cara. Debes creerme…

– ¿Tú lo has pagado caro?

–Sí, muy caro. He tenido mucho miedo, muchos problemas. Me llevaron a Comisaría, me interrogaron durante horas… Creían que yo había matado a Paco. Ya me veía encerrada en la cárcel para toda la vida. La chismosa de tu vecina dijo a la policía que habíamos discutido, peleado. Era todo mentira, una invención de esa vieja chiflada. Tuvimos un careo y le demostré que lo que decía no era verdad. Cuando llegué a tu casa Paco ya estaba muerto, por eso salí corriendo, asustada, sin cerrar la puerta. Cuando entré le llamé y no me contestó, pensé que se hacía el dormido o el muerto, que era otra de sus bromas. Por eso le grité enfadada, pero no respondió ni se movió. Ya estaba muerto. Debes creerme, te juro que fue así.

–Si te ha creído la policía ¿por qué no debo creerte yo? Allá tú y tu conciencia... Por mi parte, no quiero saber nada más de ti. No vuelvas a llamarme.

–Y colgué el teléfono. Si antes de que llamara ya tenía decidido no volver a verla ni hablarle nunca más, ahora, además, tenía otro motivo: no era conveniente para mi seguridad, para mi secreto, hablar ni una sola palabra más con ella. Era la única persona que sabía, con toda certeza, que Paco había muerto, durante o después de hablar conmigo.

Compré un bonito ático, soleado, luminoso, con una gran terraza y una estupenda vista. Me costó casi el doble de lo que tenía previsto, pero no pude resistir la tentación de comprarlo. Di una buena cantidad como entrada y el resto lo fui pagando durante diez años.

El piso estaba situado en un moderno barrio periférico y, debido a que la combinación de autobuses para ir al trabajo era muy mala, tuve que comprarme un coche. Empezaba mi nueva vida con confianza, energía e ilusión.

El último y molesto incidente, relacionado con mi vivencia con Paco, ocurrió tres meses después de su muerte. Fue un sábado por la mañana, mientras estaba empaquetando las cosas para trasladarme de piso. Aquel día se presentó Anselmo, sin previo aviso, y me dijo por el intercomunicador si podía recibirle, que necesitaba hablar conmigo urgentemente.

Me quedé muy sorprendida por la inesperada visita y estuve a punto de decirle la verdad: que estaba sudada, poco presentable y muy atareada. Que sería mejor hablar otro día, en un bar o una cafetería, con más tranquilidad. Pero no dije nada y le abrí. Le apreciaba y sentía algo de lástima por él, por lo que Cecilia le había hecho. También fue por algo de curiosidad: No era capaz de imaginar de que quería hablarme, a no ser sobre lo de Cecilia.

Nos saludamos amigablemente, como siempre. Nada más entrar, ya noté que estaba muy nervioso, inseguro, como quien desea decir algo y duda en hacerlo. Un poco molesta, pero deseando comportarme correctamente, le dije:

–Como puedes ver, estoy preparando el traslado de piso. El lunes me mudo. Lamento el que todo esté *patas arriba*, si quieres tomar algo tendrá que ser en la cocina. Lo siento.

–No te preocupes, no sabía que te mudabas de piso. Hace muchos días que quería llamarte, necesitaba hablar contigo.

–Bueno, ya que hace tantos días, no será tan urgente. Podemos vernos el próximo sábado, quedar en algún sitio y hablar tranquilamente, si a ti te va bien.

–Ya que estoy aquí es mejor hablar ahora. Si puedes darme un whisky nos lo tomaremos en la cocina, mientras charlamos. Tenía muchas ganas de verte.

–Pues has venido en mal momento, como puedes ver, estoy hecha un adefesio.

–Estás muy bien, eres muy bonita, preciosa

–Vaya. ¿A qué viene tanto cumplido?

–Quería decirte que me gustas mucho, siempre me has gustado… Y ahora que estás sola, he pensado que podríamos salir juntos…

– ¿Ya no vives con Cecilia?

–Sí. Pero ya no es lo mismo que antes.

–Entonces, ¿qué pinto yo? ¿Acaso pretendes que sea tu amante?

–Sí. Eso era lo que quería proponerte. Ya que Paco y Cecilia…

– ¿Cómo se te ha ocurrido semejante disparate? ¿Tan poco me conoces?

–Yo pensaba…

–Tú pensabas que si Paco se portó como un cerdo y tu mujer como una golfa, ahora tú debes portarte como un cerdo y yo como una golfa. ¡Vas muy equivocado conmigo!

–No te enfades. Veo que he venido en mal momento. Podemos quedar para el sábado que viene, como tú misma has dicho.

–No hay ninguna necesidad de volver a vernos. He entendido perfectamente el motivo de tu visita y no me ha hecho ninguna gracia. ¡No quiero escucharlo de nuevo! Por lo tanto, te ruego que te vayas. Tengo mucho trabajo y me estás molestando.

–No quería molestarte, al contrario, quería hacerte compañía, darte consuelo, ayudarte.

–Gracias por tus "buenas intenciones". Pero ahora vete ya, no tenemos nada más de que hablar.

–No te lo tomes así, ya me voy. Sólo te pido que me des tu nueva dirección. Te llamaré antes de venir a verte…

–¡No quiero volver a verte ni hablar más contigo! ¿Está claro? O te vas de una puta vez o llamaré a la Policía…

Mi enfado había crecido a medida que iba hablando y al final estaba furiosa. Tan furiosa, que Anselmo se marchó rojo como un tomate. Sorprendido, casi asustado, ante mi inesperada reacción. Yo también estaba sorprendida, nunca imaginé que fuera capaz de actuar como lo hice: *cantarle las cuarenta,* y bien cantadas, a un hombre.

Entonces me di cuenta de que empezaba a sentirme liberada, que empezaba a confiar en mí misma. Esta confianza, esta seguridad, ha ido creciendo poco a poco y no me ha abandonado hasta el presente. Lo cual ha sido muy positivo a la hora de iniciar una nueva vida.

Han transcurrido más de doce años desde la muerte de Paco y durante ese tiempo mi vida ha sido tranquila y feliz. Sumergida, casi totalmente, en mi trabajo. Esta dedicación ha dado sus buenos frutos: laboral y económicamente estoy muy bien situada. En este sentido tengo un futuro muy prometedor.

También estoy muy contenta, ilusionada, respecto a la parte sentimental. He conocido a un hombre, una persona estupenda: amable, cariñoso, alegre, educado y muy culto. Tiene cinco años más que yo. Está divorciado y es un notario de mucho prestigio. Llevamos dos años saliendo y me ha pedido que nos casemos. Yo estaba deseando que me lo pidiera, ansiosa por aceptarlo. Pero, ante mi propio asombro, le contesté que me diera un poco más de tiempo, un mes para decidirme.

En aquel preciso momento, me di cuenta de que no podía casarme, unir mi vida en cuerpo y alma con un hombre, mientras tuviera la duda de cómo sería juzgada por la sociedad si ésta conociera mi secreto. Estuve a punto de explicárselo a él, de decirle la verdad. Pero no lo hice. Comprendí claramente que al estar tan ligado a mí sentimentalmente, no podía juzgar con imparcialidad. Y, también, que mi confesión no serviría para unirnos más, al contrario, podría crear un desagradable lazo de unión entre nuestro presente y mí pasado: Paco seguiría amargándome la vida, incluso después de muerto… Debía buscar otra solución, para liberar del todo mi conciencia. Ya que, por lo demás, me siento totalmente en paz con Dios y conmigo misma. Sólo me falta saber el juicio de los hombres: su veredicto legal.

El sumario ya ha concluido, no tengo nada más que exponer. Ahora están en tus manos el juicio y la sentencia. Te ruego que me lo hagas llegar, mediante nota sin firma, al Apartado de Correos "… ". Sea cual sea la sentencia, te estaré agradecida para siempre. Te lo digo de todo corazón.

✳ ✳ ✳ ✳ ✳ ✳ ✳ ✳ ✳ ✳

IV

JUICIO Y SENTENCIA

Había llegado el momento de contestar a la petición de Soledad, de darle mi veredicto. Y, tal como ella solicitaba, se lo di enviándole la siguiente carta mecanografiada.

Querida amiga:

Ante todo quiero agradecerte la confianza que has depositado en mí, y el valor que has demostrado, al revelar a un desconocido una cuestión tan personal y delicada. Me siento muy halagado por tu decisión y creo, sinceramente, que ha sido del todo acertada.

La lectura de tu manuscrito me ha emocionado y conmovido profundamente. Me ha gustado tanto que he deseado quedármelo, para guardarlo junto a mis libros preferidos. Pero eso hubiera sido traicionar tu confianza y un potencial riesgo para ti. Puedes estar tranquila: Lo he destruido cuidadosamente y lo he incinerado. Sin embargo, me he tomado la libertad de guardar estas cenizas en un pequeño frasco, como si fueran las de un ser querido, al que quiero seguir recordando. Espero que disculpes ese atrevimiento.

He leído tu conmovedora historia varias veces y he meditado sobre ella durante muchas horas, con serenidad, pacientemente, con el fin de poder darte un veredicto sincero y ecuánime. Es el siguiente:

Como Juez, declaro el hecho: "Homicidio en legítima defensa".

Como Jurado, te declaro a ti: "Inocente, absuelta de toda culpa".

Ahora, solamente me resta desearte largos años de vida y felicidad. Te lo desea, de todo corazón:

Tu juez y amigo.

Pedro

Y cuando volvía de echar la carta en Correos, estuve pensando:

–Sí, amiga mía. El veredicto ha sido sincero, más ya no podía serlo. En cuanto a ecuánime, no estoy muy seguro… Puede que ya lo tuviese decidido de antemano, desde el principio. De ser así, la decisión no estaba albergada en mi mente, sino en mi corazón. No puedo saberlo… Solamente se que he hecho todo lo posible para ser imparcial: esta ha sido mi principal preocupación… No estoy del todo seguro de haberlo conseguido. En nuestras vidas, en nuestras historias, hay tantas cosas en común que, en cierto modo, casi podría decirse que los dos somos colegas… Porque yo también ejecuté a mi mujer. Y, tal como lo había planeado, el veredicto Oficial fue: "Muerte accidental por ingestión de barbitúricos…" Pero esa verdad, querida amiga, ni tú ni nadie la sabrá jamás…

FIN

Barcelona, 1998

ÍNDICE